愛情融資店まごころ

くさかべかつ美／著
新堂みやび／イラスト

★小学館ジュニア文庫★

その店《みせ》は、

ある日《ひ》突《とつ》然《ぜん》、目《め》の前《まえ》に現《あらわ》れる。

ようこそ
愛《あい》情《じょう》融《ゆう》資《し》店《てん》まごころへ
お金《かね》ではなく、愛《あい》を
ここにサインを
預《あず》けたり借《か》りたりできる“融《ゆう》資《し》店《てん》”。
30万《まん》縁《えん》の貸《か》し出《だ》しよ

誰《だれ》かのことを思《おも》うとき、
手《て》続《つづ》き完了《かんりょう》
これであなたの心《こころ》に愛《あい》が増《ふ》えるわ
あなたはきっと
「まごころ」の前《まえ》に立《た》っている。

愛情融資店

まごころ

Aijou Yuushiten Magokoro

目《もく》次《じ》

Contents

【顧客《こきゃく》No.600】

駒野真心

Mako Komano

人《ひと》の言葉《ことば》は
気《き》になるけれど、
自分《じぶん》の気持《きも》ちは
捨《す》てたくないよ。

1

わたしが六年生《ろくねんせい》に上《あ》がる少《すこ》し前《まえ》の、春休《はるやす》み。

昼間《ひるま》、飼《か》い猫《ねこ》のアイが、窓《まど》から庭《にわ》に脱走《だっそう》していた。それに気付《きづ》いたわたしは、急《いそ》いで外《そと》に出《で》て、アイを追《お》っかけて――。

アイは虫《むし》でも追《お》っていたのか、そのまま庭《にわ》の外《そと》――道路《どうろ》へと近付《ちかづ》いていく。家《いえ》の前《まえ》の道《どう》路《ろ》は、狭《せま》いのに車《くるま》がよく通《とお》る。もしもアイがはねられちゃったら――。

その時《とき》、車《くるま》のエンジン音《おん》が聞《き》こえた。

マズいマズい！　わたしは慌《あわ》てて道路《どうろ》に出《で》る。そして、走《はし》る勢《いきお》いそのままに、アイを抱《だ》きかかえることに成功《せいこう》した――のだけれど。

その時《とき》にはもう、走《はし》る車《くるま》が目《め》の前《まえ》に――。

キキーッと、耳《みみ》から耳《みみ》へ突《つ》き抜《ぬ》けるブレーキの音《おと》。心臓《しんぞう》が、ドクン。

――死《し》んじゃうの？　わたしも？　アイも？

目《め》の前《まえ》の光景《こうけい》がスローモーションになる。ほんの一瞬《いっしゅん》の時間《じかん》の中《なか》で、わたしの頭《あたま》の中《なか》にいろんな言葉《ことば》が駆《か》け抜《ぬ》けていく。その中《なか》、ひときわ大《おお》きかった言葉《ことば》——。

——死《し》にたくない。

そして。

目《め》が覚《さ》めたのはベッドの上《うえ》。目《め》を開《あ》けると、ベッドの脇《わき》にお母《かあ》さんがいた。

「マコ！」

お母《かあ》さんがわたしの名前《なまえ》を叫《さけ》んで、肩《かた》に手《て》を当《あ》てる。その目《め》には涙《なみだ》が浮《う》かんでいた。

起《お》き上《あ》がろうとしたら、胸《むね》の中《なか》が変《へん》だった。ジンジン、ジンジン——何《なん》て言《い》えばいいんろう、大事《だいじ》な部分《ぶぶん》を無理《むり》やり引《ひ》きちぎられたような、気味《きみ》の悪《わる》い感触《かんしょく》。

かと言《い》って、痛《いた》い訳《わけ》じゃない。何《なに》かが足《た》りない。でも、それが何《なに》か分《わ》からない。

胸《むね》に手《て》を当《あ》てる。包帯《ほうたい》が巻《ま》かれてる訳《わけ》じゃない。傷《きず》はなさそう。

周囲《しゅうい》を見《み》れば、白《しろ》い壁《かべ》、白《しろ》いベッド——病院《びょういん》？　そして部屋《へや》に来《き》た白衣《はくい》のお医者《いしゃ》さん。

「自動車《じどうしゃ》との接触《せっしょく》なし、外傷《がいしょう》なし、運《うん》が良《い》い」

白衣《はくい》を着《き》た男《おとこ》の先生《せんせい》は、ベッドのわたしを見《み》てそう言《い》った。

話《はなし》を聞《き》くと、わたしはギリギリで車《くるま》をよけて、単《たん》に、お向《む》かいの家《いえ》の植木《うえき》に突《つ》っ込《こ》んだだけで済《す》んだらしい。アイも無事《ぶじ》で、どちらもケガ無《な》くラッキーだった——という。

じゃあ、この胸《むね》の変《へん》な感《かん》じは何《なん》だろう。

傷《きず》はない。痛《いた》くもない。なのにどうして、空《から》っぽの奇妙《きみょう》な感覚《かんかく》があるんだろう。

その日《ひ》は念《ねん》のため、精密検査《せいみつけんさ》も受《う》けて、病院《びょういん》で一晩《ひとばん》を過《す》ごした。

そして次《つぎ》の日《ひ》、診断結果《しんだんけっか》を見《み》てみても、やっぱり「異常《いじょう》なし」らしい。

「でも良《よ》かったわねえ、何《なに》もなくて」

家《いえ》に帰《かえ》る車《くるま》の中《なか》、運転《うんてん》しながらお母《かあ》さんは笑《わら》った。けど——。

「あんた、昨日《きのう》からちっとも笑《わら》わないわね。疲《つか》れた？」

そんなことも言《い》ってきた。言《い》われてみればそう——なのかな？

家《いえ》に帰《かえ》ると、アイが待《ま》っていた。事故《じこ》なんて知《し》らないのか、ニーニー気《き》ままに鳴《な》いて。

足元《あしもと》にまとわりつくアイ。わたしは洗面所《せんめんじょ》で手《て》を洗《あら》い、うがいをする。アイがいる。居《い》間《ま》に戻《もど》ってソファに座《すわ》る。アイがいる。テレビのリモコンを握《にぎ》る。アイがいる。

「いい加減《かげん》抱《だ》いてやればいいじゃないの」

お母《かあ》さんが、呆《あき》れたように、わたしに言《い》った。

「何《なに》が？」

「アイよ。いっつもあんたが抱《だ》いてくれるから待《ま》ってるんでしょ」

ああ、そう言《い》えばそうだ。でも、何《なん》でわたしはアイを抱《だ》いていたんだろう。毎日毎日《まいにちまいにち》、どうしてアイの頭《あたま》を撫《な》でて、抱《だ》きしめていたんだろう。

——変《へん》だ。

今《いま》のわたしは変《へん》だ。いや、逆《ぎゃく》？　前《まえ》のわたしが変《へん》だった？

え？　なに？　おかしい。でも、何《なに》がおかしいのか分《わ》からない。

猫《ねこ》を見《み》れば抱《だ》きたくなる？　確《たし》かにこれまで、わたしはアイを何回《なんかい》も抱《だ》いた。でも、何《なん》でそんな気持《きも》ちになっていたんだろう？　どうして？

「どうしたの怖《こわ》い顔《かお》して。やっぱり疲《つか》れてる？　ちょっと寝《ね》よっか？」

お母《かあ》さんがわたしのおでこに手《て》を当《あ》てた。熱《ねつ》でもあると思《おも》われたらしい。

そう言《い》われれば、そんな気《き》もした。事故《じこ》で頭《あたま》が疲《つか》れてしまったのかも。

わたしは自分《じぶん》の部屋《へや》に行《い》くと、すぐにベッドに入《はい》った。まだお昼《ひる》にもなっていないけど、自然《しぜん》にまぶたが下《お》りてくる。そして——。

「——失《な》くしたのは、愛《あい》」

突然《とつぜん》、声《こえ》が聞《き》こえた。女《おんな》の人《ひと》の声《こえ》。

目《め》を開《あ》けると、そこはわたしの部屋《へや》じゃない。

木目《もくめ》がはっきり見《み》える壁《かべ》、少《すこ》し暗《くら》い部屋《へや》。ユラユラと揺《ゆ》れるランプの灯《あか》り。木《き》でできた壁《かべ》や天井《てんじょう》、イスや机《つくえ》の木目《もくめ》が、ジッとわたしを見《み》ているような感《かん》じ。

夢《ゆめ》なのか現実《げんじつ》なのか分《わ》からず、わたしは辺《あた》りを見回《みまわ》す。

いつの間《ま》にか、わたしはイスに座《すわ》っていた。その向《む》かいには、深《ふか》い赤《あか》ワイン色《いろ》の大《おお》きなストールを肩《かた》にかけた女《おんな》の人《ひと》がいる。

目《め》が合《あ》う。真《ま》っ黒《くろ》な瞳《ひとみ》が、ジッとわたしを見《み》ている。

きれいな人《ひと》。何歳《なんさい》くらいだろう？　わたしよりもずっと上《うえ》——かと言《い》って、おばさんでもない。二十歳《はたち》そこそこ？　もっと若《わか》く見《み》える気《き》もしてくる。

「あなたが失《な》くしたのは、愛《あい》」

その人《ひと》は言《い》う。静《しず》かに、でも、はっきりと。

長《なが》くて真《ま》っ直《す》ぐな黒《くろ》い髪《かみ》。ランプの灯《あか》りに光《ひか》るその髪《かみ》と同《おな》じくらい、つやつやな声《こえ》。

「あの、ここ——」

「あなたは選《えら》ぶことができる」

その人《ひと》は、わたしの声《こえ》をさえぎって言《い》う。

「あなたの愛《あい》は空《から》っぽ。でも今《いま》、その半分《はんぶん》をまた手《て》に入《い》れることができる」

――愛《あい》？　空《から》っぽ？　何《なん》だろう。変《へん》な夢《ゆめ》。意味分《いみわ》かんない。

「あの、愛《あい》が空《から》っぽって、どういうことですか？」

「事故《じこ》にあったでしょう？」

女《おんな》の人《ひと》はそう答《こた》えた。でも、何《なん》で知《し》ってるの？　夢《ゆめ》だから何《なん》でもあり？

「事故《じこ》にあったショックで、あなたから愛《あい》が失《うしな》われてしまった」

「失《うしな》われて――？」

「愛《あい》は体《からだ》の中心《ちゅうしん》にある心《こころ》。人《ひと》が人《ひと》である要《かなめ》。だからあなたは今《いま》、大《おお》きな違和感《いわかん》を抱《かか》えているはず。たとえばそう、自分《じぶん》の胸《むね》が空《から》になったような――」

ドキリとした。胸《むね》が空《から》というのは、事故《じこ》から目《め》を覚《さ》ました時《とき》の感覚《かんかく》と同《おな》じだったから。

「愛《あい》が空《から》っぽになると――どうなるんですか？」

「何《なに》も愛《あい》せない。共感《きょうかん》できない。護《まも》りたい、優《やさ》しくしたい、分《わ》かり合《あ》いたい――そういった感情《かんじょう》が消《き》え失《う》せる」

答《こた》えを聞《き》いて、アイのことを思《おも》い出《だ》す。さっき、足元《あしもと》をウロチョロするアイに対《たい》して何《なん》の感情《かんじょう》も湧《わ》かなかったのは、そういう感情《かんじょう》が消《き》えていたから？

「それって、一生《いっしょう》、ずっとなんですか？」

「愛《あい》は長《なが》い年月《ねんげつ》をかけて育《はぐく》まれるもの。途中《とちゅう》で失《うしな》ったからといって、一生空《いっしょうから》っぽのままではないわ。でも――」

「でも？」

「愛《あい》は一気《いっき》に増《ふ》えるものではなく、少《すこ》しずつ――それはきっと、浴槽《よくそう》が目薬《めぐすり》で一杯《いっぱい》になるまで待《ま》つような――」

「えっ、そんなにちょっとだけ？」

「人《ひと》はすぐには変《か》わらないわ。性格《せいかく》も志《こころざし》も、長《なが》い年月《ねんげつ》をかけて少《すこ》しずつ変《か》わっていくものだもの。十年《じゅうねん》、二十年《にじゅうねん》、色《いろ》んなことを経験《けいけん》して愛《あい》を得《え》ていくのよ」

それだとわたしは、ずっと空《から》っぽに近《ちか》いまま？　猫《ねこ》が鳴《な》いてきても、何《なに》も思《おも》わない人間《にんげん》。

そして、それがおかしいのかどうか、よく分《わ》からない人間《にんげん》。

「それは――」

と言《い》いかけて、わたしは言葉《ことば》が止《と》まった。愛《あい》のない人間《にんげん》、というのは悪《わる》いこと？　良《い》いこと？　なければないで良《い》いような気《き》もした。え？　何《なん》で？　ん？　あれ？

「戸惑《とまど》ってるのね」

「え？」

「急《きゅう》に愛情《あいじょう》がなくなったから、今《いま》までの自分《じぶん》との感情《かんじょう》の違《ちが》いに、理性《りせい》がついていけていないのでしょう」

言《い》われて何《なん》となく整理《せいり》できた。何《なん》だか自分《じぶん》が自分《じぶん》じゃないみたいで、とても気味《きみ》が悪《わる》い。

「半分《はんぶん》なら戻《もど》せるわ」

「半分《はんぶん》？」

「私《わたし》は、あなたに愛情《あいじょう》を渡《わた》すことができる。あなたが元々《もともと》持っていた半分《はんぶん》ほどを」

「え？　そんなこと――」

「できるわ。ここはそういうお店《みせ》だから」

「お店《みせ》って――？　ううん、それより本当《ほんとう》ですか？　本当《ほんとう》に愛情《あいじょう》をもらえるんですか？」

女《おんな》の人《ひと》は「もちろん」と頷《うなず》いた。

「さっき『元々《もともと》持っていた半分《はんぶん》』って言《い》いましたよね？　半分《はんぶん》って――半分《はんぶん》だと、どんな性格《せいかく》になるんですか？　まだまだすっごく冷《つめ》たい性格《せいかく》のままなんですか？」

「生《い》きていくだけなら、あなたの場合《ばあい》は半分《はんぶん》もあれば充分《じゅうぶん》。ただ、鈍《にぶ》くはなるけれど」

「ニブい？　何《なに》がニブくなるんです？」

「たとえば色恋《いろこい》。自分《じぶん》や他人《たにん》の好意《こうい》に鈍《にぶ》くなる」

「鈍感《どんかん》っていうことですか？」

女《おんな》の人《ひと》は黙《だま》って頷《うなず》いた。

「どう？　半分《はんぶん》――要《い》るかしら？」

「えっと……もらえるなら、欲《ほ》しい……の、かな？」

そんな気《き》がした。本当《ほんとう》に愛《あい》を失《な》くしているなら、少《すこ》しでも取《と》り戻《もど》しておいた方《ほう》が良《い》い。そんな気《き》がするけど、でも、もしかしたらこのままでもいいんじゃ？　優《やさ》しくないより優《やさ》しい方《ほう》が良《い》い？　本当《ほんとう》にそう？

いや、ちょっと待《ま》って、今《いま》、わたし、何考《なにかんが》えてた？　前《まえ》までのわたしって、今《いま》みたいなこと考《かんが》えてたっけ？　ん？　え？

――怖《こわ》くなった。

さっきと同《おな》じ感覚《かんかく》。自分《じぶん》が急激《きゅうげき》に変《か》わっていっているような気《き》がした。うまく説明《せつめい》できないけど、このままだといけない気《き》がする。自分《じぶん》が自分《じぶん》でなくなるような気《き》がする。

「あの、要《い》ります、愛《あい》、半分《はんぶん》でも何《なん》でもいいので、早《はや》くお願《ねが》いします」

気付《きづ》けば、そう言《い》っていた。

——優《やさ》しい人間《にんげん》。

そんな言葉《ことば》が、頭《あたま》の中《なか》を駆《か》け巡《めぐ》る。わたしは優《やさ》しい人《ひと》でいたい。どうして？

わたしは優《やさ》しい人《ひと》だ——昔《むかし》、誰《だれ》かにそう言《い》われた。

言《い》ってもらった言葉《ことば》を、大事《だいじ》にしたい。守《まも》り続《つづ》けたい。

あれ、誰《だれ》に言《い》われたんだっけ、それ。

「じゃあ、これに名前《なまえ》を書《か》いて」

頭《あたま》の中《なか》が軽《かる》くパニックになっているわたしに、女《おんな》の人《ひと》は二枚《にまい》の紙《かみ》を差《さ》し出《だ》した。それぞれ「口座開設書《こうざかいせつしょ》」と「払戻請求書《はらいもどしせいきゅうしょ》」と書《か》いてあって、どちらにも「315,000縁《えん》」という文字《もじ》が書《か》いてある。これに名前《なまえ》を書《か》くだけで、本当《ほんとう》に愛《あい》がもらえるの？

「はい、ここ。ペンも何《なに》も持《も》たずに指《ゆび》で書《か》いて」

女《おんな》の人《ひと》は紙《かみ》の隅《すみ》を指差《ゆびさ》して言《い》った。

「指《ゆび》で？」

「大丈夫《だいじょうぶ》よ」

返《かえ》ってきた言葉《ことば》はそれだけ。それ以上《いじょう》は説明《せつめい》する気《き》がないみたい。

口座開設書
315.000
請求書
315,000縁

わたしは言《い》われたとおり、ただ指先《ゆびさき》で「駒野真心《こまのまこ》」という自分《じぶん》の名前《なまえ》を書《か》く。すると、紙《かみ》の上《うえ》で、わたしの指先《ゆびさき》が通《とお》った部分《ぶぶん》が光《ひか》り輝《かがや》いた。

ふわふわ漂《ただよ》う文字《もじ》の光《ひかり》。紐《ひも》みたいにうにょうにょして、わたしの胸《むね》に飛《と》び込《こ》んだ。温《あたた》かい。空《から》っぽだった場所《ばしょ》に、じんわりと染《し》み渡《わた》っていく感覚《かんかく》。

その瞬間《しゅんかん》――。

目《め》に映《うつ》ったのは、天井《てんじょう》。蛍光灯《けいこうとう》。そこから垂《た》れ下《さ》がる紐《ひも》。そこでようやく、自分《じぶん》が仰向《あおむ》けに寝《ね》ているということに気付《きづ》く。

ニーニーニーニー、アイが鳴《な》く。わたしのお腹《なか》の上《うえ》で、目覚《めざ》まし時計《どけい》の代《か》わり。自然《しぜん》と、アイの頭《あたま》にわたしの手《て》が向《む》かった。手《て》のひらに触《ふ》れるアイの柔《やわ》らかな毛《け》。ゴロゴロと喉《のど》を鳴《な》らし始《はじ》めるアイを見《み》ていると、胸《むね》の中《なか》がポカポカした。

「夢《ゆめ》――だったんだよね？」

わたしの呟《つぶや》きに、アイはニーニー、首《くび》を傾《かし》げていた。

2

その後《ご》、春休《はるやす》みも終《お》わりを迎《むか》えた日《ひ》。わたしは昔《むかし》のことを思《おも》い出《だ》していた。

――忍《おし》くん、という男《おとこ》の子《こ》。フルネームは忍俊雄《おしとしお》。

わたしはその子《こ》をオシくん、と呼《よ》んでいた。「トシオ」という平凡《へいぼん》な響《ひび》きよりも、「オシ」という珍《めずら》しい響《ひび》きが印象的《いんしょうてき》だった。

出会《であ》ったのは三年前《さんねんまえ》。小学三年生《しょうがくさんねんせい》の夏休《なつやす》み。四泊五日《よんぱくいつか》の自然学校《しぜんがっこう》。

自然学校《しぜんがっこう》というのは、普段通《ふだんかよ》う学校《がっこう》や住《す》む場所《ばしょ》が違《ちが》う十数人《じゅうすうにん》の小学生《しょうがくせい》が、山《やま》の中《なか》の施設《しせつ》で一緒《いっしょ》に過《す》ごすイベント。ちょっとしたキャンプみたいなものだ。まあ、学校《がっこう》が違《ちが》うとは言《い》っても、実際《じっさい》には同《おな》じ学校《がっこう》から来《く》る人《ひと》もいて、わたしも知《し》ってる子《こ》が何人《なんにん》かいた。

オシくんは違《ちが》う学校《がっこう》の子《こ》で、あまり活発《かっぱつ》な人《ひと》じゃなかった。

少《すこ》し長《なが》めの前髪《まえがみ》が特徴的《とくちょうてき》で、他《ほか》の男子《だんし》と比《くら》べて物静《ものしず》かな印象《いんしょう》があった。周囲《しゅうい》の評判《ひょうばん》は中《ちゅう》の下《げ》。だってオシくんはあまり喋《しゃべ》らず、何《なに》を考《かんが》えているのかよく分《わ》からなかったから。

――自然学校《しぜんがっこう》に来《き》て四日目《よっかめ》の夜《よる》。

わたしがいたのは、宿舎《しゅくしゃ》の女子《じょし》の五人部屋《ごにんべや》。すっかり寝静《ねしず》まって、誰《だれ》の声《こえ》もしない。

そんな中《なか》、わたしは小《ちい》さな声《こえ》に耳《みみ》をノックされて目《め》が覚《さ》めた。窓《まど》の向《む》こう――外《そと》から聞《き》こえてきたのは、か弱《よわ》い、猫《ねこ》の声《こえ》だった。幼《おさな》い声《こえ》。助《たす》けを呼《よ》んでいるような鳴《な》き声《ごえ》。

わたしは布団《ふとん》から起《お》き上《あ》がると、宿舎《しゅくしゃ》を出《で》た。

鳴《な》き声《ごえ》の聞《き》こえた場所《ばしょ》――わたしたちの部屋《へや》の窓周辺《まどしゅうへん》には、丈《たけ》の長《なが》い雑草《ざっそう》が茂《しげ》っていた。

月明《つきあ》かりの下《した》の片隅《かたすみ》――まず目《め》についたのは、喉《のど》から血《ち》を流《なが》した猫《ねこ》の死体《したい》。

最初《さいしょ》は、それが死体《したい》だとは分《わ》からなかった。でも、わたしが近付《ちかづ》いてきているのに、それはピクリとも動《うご》かない。横《よこ》たわっているお腹《なか》に、呼吸《こきゅう》の上下《じょうげ》は見《み》られなかった。

――他《ほか》の動物《どうぶつ》にでも襲《おそ》われたのかもしれない。今《いま》ではそんな推理《すいり》もできるけど、その時《とき》のわたしは、生々《なまなま》しい動物《どうぶつ》の死体《したい》にショックを受《う》けて、頭《あたま》が真《ま》っ白《しろ》になっていた。

そしてまた、あの、か弱《よわ》い声《こえ》――死体《したい》の横《よこ》から聞《き》こえる。よくよく見《み》れば、その死体《したい》より一回《ひとまわ》り以上小《いじょうちい》さい、別《べつ》の猫《ねこ》がいた。消《き》え入《い》りそうな声《こえ》で死体《したい》にまとわりついている。

「あなたのお母《かあ》さんですか？」

わたしは子猫《こねこ》に話《はな》しかける。

自然《しぜん》と、敬語《けいご》になっていた。もしもこの死体《したい》が子猫《こねこ》の親《おや》だったんだとしたら――親《おや》の死《し》を前《まえ》にして鳴《な》くこの子《こ》に、わたしが一方的《いっぽうてき》に親《した》しげな言葉《ことば》を掛《か》けるのは失礼《しつれい》な気《き》がした。

その時《とき》――。

「駒野《こまの》さん？」

背後《はいご》からわたしの名前《なまえ》を呼《よ》んだのは、オシくんだった。

「駒野《こまの》さんだよね？　何《なに》してるの？」

「オシくんこそ」

この時《とき》、わたしはオシくんと親《した》しくはなかった。物静《ものしず》かでさほど明《あか》るくないオシくんが、こんな深夜《しんや》に一体何《いったいなに》をしに来《き》たのか——はっきり言《い》って、わたしは警戒《けいかい》していた。

「——僕《ぼく》は、猫《ねこ》の声《こえ》が聞《き》こえたから」

「オシくんも？」

女子部屋《じょしべや》のすぐ隣《となり》には男子《だんし》の部屋《へや》があった。確《たし》かに聞《き》こえていても不思議《ふしぎ》じゃない。

「(死《し》んじゃってるんだ？)」

オシくんは地《じ》べたで横《よこ》たわる猫《ねこ》を見《み》ると、声《こえ》を潜《ひそ》めてわたしに聞《き》いた。

「埋《う》めてあげよう」

わたしの返答《へんとう》を待《ま》たずにそう言《い》ったオシくんの視線《しせん》は、二匹《にひき》の親子《おやこ》を優《やさ》しく包《つつ》んでいた。

「僕《ぼく》はシャベル取《と》ってくる。駒野《こまの》さんは——寝《ね》る？」

別《べつ》に自分《じぶん》に付《つ》き合《あ》わなくていいよ、というオシくんの気遣《きづか》いなのか、そんなことを言《い》われてしまった。わたしは慌《あわ》てて首《くび》を横《よこ》に振《ふ》る。

「じゃあ、子猫見《こねこみ》てて」

オシくんはそう言《い》って、工具《こうぐ》などがある倉庫《そうこ》の方《ほう》へ駆《か》け出《だ》していった。

——意外《いがい》だった。

こんなに積極的《せっきょくてき》で、行動力《こうどうりょく》がある人《ひと》だと思《おも》っていなかった。場《ば》を仕切《しき》ったり、誰《だれ》かに指示《しじ》したり——そういう役割《やくわり》なんて、昼間《ひるま》は全然《ぜんぜん》しない人《ひと》だったから。

その後《ご》、園芸用《えんげいよう》の小《ちい》さなシャベルを二《ふた》つ持《も》って戻《もど》ってきたオシくんは、宿舎《しゅくしゃ》から十数《じゅうすう》メートル離《はな》れた場所《ばしょ》に一《ひと》つシャベルを突《つ》き立《た》てた。

「ここでいい？」

オシくんは言《い》う。どうやらわたしに聞《き》いているらしい。

「いいって、何《なに》が？」

「猫《ねこ》、埋《う》める場所《ばしょ》。ちょうど、花《はな》があるから」

シャベルの横《よこ》には、雑草《ざっそう》に紛《まぎ》れて一輪《いちりん》、小《ちい》さな花《はな》が咲《さ》いていた。

「……うん、良《い》い……すごく良《い》いと思《おも》う！」

「良《よ》かった」

オシくんは静《しず》かに言《い》うと、猫《ねこ》の死体《したい》を両手《りょうて》で持《も》ち上《あ》げた。その瞬間《しゅんかん》、わたしは思《おも》わず、「えっ」と声《こえ》を出《だ》してしまった。オシくんが、あまりにも普通《ふつう》に猫《ねこ》を抱《だ》いたからだ。

わたしが心《こころ》の奥底《おくそこ》で持《も》っていた、死体《したい》に対《たい》する嫌悪感《けんおかん》。「生《い》きていない」というだけで、触《さわ》るのをためらってしまう気味悪《きみわる》さ。けれどオシくんの手《て》つきは、そんなの全然関係《ぜんぜんかんけい》ない。ふとしたところに表《あらわ》れた、そんなオシくんとわたしの差《さ》。わたしは、実《じつ》は自分《じぶん》がとても嫌《いや》な人間《にんげん》なんじゃないかと、心臓《しんぞう》がキュッと縮《ちぢ》んだのを感《かん》じた。

そんな中《なか》でもオシくんはマイペース。花《はな》の前《まえ》に親猫《おやねこ》を置《お》くと、その横《よこ》で穴《あな》を掘《ほ》り始《はじ》めた。

「あ、わたしもやる……！」

もう一《ひと》つのシャベルを持《も》って、わたしも穴《あな》を広《ひろ》げる。

「大丈夫《だいじょうぶ》？」とオシくん。

「何《なに》が？」

「無理《むり》してるんじゃないかと思《おも》って。なんか、つらそう」

ろくにわたしの顔《かお》も見《み》ず、穴《あな》を掘《ほ》り続《つづ》けていたはずのオシくん。けれどその言葉《ことば》は、わたしの胸《むね》の真《ま》ん中《なか》に命中《めいちゅう》した。図星《ずぼし》だったのだ。

オシくんの落《お》ち着《つ》いた声《こえ》のトーンは、わたしの胸《むね》の中《なか》に詰《つ》まっていた本音《ほんね》を、スルスルと喉《のど》へ引《ひ》っ張《ぱ》り上《あ》げていく。

「……わたし、嫌《いや》な人間《にんげん》だったんだなって思《おも》ったの」

「へ？　何《なん》で？」

「オシくんが、死《し》んでる猫《ねこ》を普通《ふつう》に持《も》ったから。多分《たぶん》わたし、そんな風《ふう》にできなかった」

「……駒野《こまの》さんは優《やさ》しいよ」

「え？」

「僕《ぼく》なんかより先《さき》に——一番初《いちばんはじ》めに、ここに来《き》てたから」

そう言《い》うオシくんは、少《すこ》しだけわたしの目《め》を見《み》た。

わたしはそれが妙《みょう》に気恥《きは》ずかしくて、「や、オシくんの方《ほう》が優《やさ》しいですってば！」と、妙《みょう》な敬語《けいご》を口《くち》にしながら、一心不乱《いっしんふらん》に穴《あな》を掘《ほ》った。

「もういいかな」

大《おお》きく広《ひろ》がった穴《あな》を見《み》て、オシくんが静《しず》かに呟《つぶや》いた。そして、猫《ねこ》の死体《したい》に手《て》を伸《の》ばす。

「あ——わたしがやるっ！」

オシくんの手《て》をさえぎって、わたしが猫《ねこ》の死体《したい》に触《さわ》る。

温《あたた》かさも何《なに》もない、冷《つめ》たい体《からだ》。持《も》ち上《あ》げると、重《おも》くて、生《い》き物《もの》とは思《おも》えないくらい固《かた》くなっていて——何《なん》となく、もうこの世《よ》のものじゃないんだなと思《おも》えた。

「大丈夫《だいじょうぶ》？」

また、オシくんが聞《き》いてきた。今度《こんど》は、わたしも「何《なに》が？」とは聞《き》かない。正直《しょうじき》、無理《むり》をしていた。意《い》を決《けっ》して、死体《したい》に触《さわ》っていた。

でも、ミイミイという子猫《こねこ》の鳴《な》き声《ごえ》を聞《き》いていると、少《すこ》しずつ、死体《したい》に温《あたた》かさが戻《もど》ってくるような気《き》がした。きっとそれは、単《たん》にわたしの体温《たいおん》が移《うつ》っただけなんだろうけど。

穴《あな》に猫《ねこ》を入《い》れて、土《つち》を掛《か》ける。埋《う》め終《お》わると、両手《りょうて》を合《あ》わせて、お別《わか》れをした。

「ほら、君《きみ》も」

オシくんは子猫《こねこ》を抱《だ》いて、盛《も》り上《あ》がった土《つち》の真《ま》ん前《まえ》にしゃがんだ。目《め》の前《まえ》の土《つち》の膨《ふく》らみの意味《いみ》を分《わ》かっているのかいないのか、子猫《こねこ》はミイミイ鳴《な》いている。泣《な》いている。

——それから、オシくんと話《はなし》をした。

オシくんの家《いえ》はわたしと同《おな》じ県内《けんない》だとか。でも県《けん》の端《はし》っこの方《ほう》で、意外《いがい》と遠《とお》いとか。お父《とう》さんがいなくて、お母《かあ》さんとお姉《ねえ》さんとの三人暮《さんにんぐ》らしだとか。

わたしはと言《い》えば、一人《ひとり》っ子《こ》で、マンガを読《よ》むのが好《す》きだとか——。そこでわたしの言《い》った少女《しょうじょ》マンガのタイトルを、オシくんも知《し》っていた。お姉《ねえ》さんが買《か》ったマンガを、オシくんもよく読《よ》むと言《い》っていた。

少女《しょうじょ》マンガを読《よ》む男《おとこ》の子《こ》というのは新鮮《しんせん》で——何《なん》だかオシくんは変《か》わった男子《だんし》だった。

——そして、その翌日《よくじつ》。

「オシくんの服《ふく》さ、血《ち》ぃ付《つ》いてたの、ヤバくない？」

朝起《あさお》きたら、女《おんな》の子《こ》たちがトイレの前《まえ》の廊下《ろうか》でそんなことを言《い》っていた。

この四日間《よっかかん》、人《ひと》とあまり喋《しゃべ》らず、大《たい》して親《した》しい友達《ともだち》もいない——そんなオシくんに、温《あたた》かな眼差《まなざ》しを向《む》ける人《ひと》はいなかった。そしてその中《なか》には、わたしと同《おな》じ学校《がっこう》から来《き》ている子《こ》もいた。帰《かえ》ってからの学校生活《がっこうせいかつ》を考《かんが》えると、わたしも、うかつなことは言《い》えない。

「血《ち》って、何《なに》？　どういうこと？」

わたしは女《おんな》の子《こ》に尋《たず》ねた。

「朝《あさ》、洗面所《せんめんじょ》で見《み》たの。そしたらT《ティー》シャツのお腹《なか》のところに、血《ち》の痕《あと》があって——」

「ケガしてるってこと？」

「違《ちが》うと思《おも》うけど。別《べつ》に顔色悪《かおいろわる》くなかったし、男子《だんし》たちが『どうしたんだ』って聞《き》いても、『ちょっと』としか答《こた》えなかったっていうし」

お腹《なか》——？

わたしは昨夜《さくや》のことを思《おも》い出《だ》した。血《ち》を流《なが》して倒《たお》れていた猫《ねこ》。オシくんはそれを、両腕《りょううで》で抱《かか》えるように持《も》ち上《あ》げていた。ちょうどお腹《なか》の辺《あた》りで。

「何《なに》してたんだろうね？　まさか人《ひと》でも殺《ころ》してたりとか？」

女《おんな》の子《こ》の軽口《かるくち》。本気《ほんき》なわけない。そんなこと、わたしだって分《わ》かってる。ささいな冗談《じょうだん》。だからわたしも、オシくんの味方《みかた》をしない方《ほう》がいい。この日《ひ》で自然学校《しぜんがっこう》も終《お》わる。わざわざ最後《さいご》に、わたしの人間関係《にんげんかんけい》を悪《わる》くする必要《ひつよう》なんてない。

でも、それを分《わ》かっていても、わたしは黙《だま》っていられなかった。

「オシくんのこと、悪《わる》く言《い》わないで」

わたしはそう言《い》って、昨夜《さくや》のことを説明《せつめい》した。すると——。

「——でもさ、それって、オシくんがヤっちゃったんじゃないの？」

わたしが説明《せつめい》を終《お》えると、女《おんな》の子《こ》の一人《ひとり》が、鼻《はな》で笑《わら》ってそう言《い》った。

「ヤっちゃったって——何《なに》？」

「その猫《ねこ》、オシくんが殺《ころ》したんじゃないの？　自分《じぶん》で殺《ころ》して、自分《じぶん》でお葬式《そうしき》——って、うわ、めっちゃヤバいじゃん」

周囲《しゅうい》の女《おんな》の子《こ》たちも、小《ちい》さく同調《どうちょう》の声《こえ》を上《あ》げる。「マジ？」とか、「ヤバ」とか――。

昨日《きのう》、オシくんが見《み》せた優《やさ》しい目《め》とは全《まった》く違《ちが》う、黒《くろ》くて、光《ひかり》のない瞳《ひとみ》。そんな彼女《かのじょ》たちの視線《しせん》に、わたしは固《かた》まってしまう。声《こえ》が出《で》なくなる。動《うご》けなくなる。

そんな時《とき》だった――。

「大丈夫《だいじょうぶ》？」

オシくんの声《こえ》。わたしの後《うし》ろに、オシくんがいた。

突然現《とつぜんあらわ》れた彼《かれ》に、女《おんな》の子《こ》たちはバツの悪《わる》そうな顔《かお》でうつむく。

それとは対照的《たいしょうてき》に、オシくんはわたしの前《まえ》に立《た》ち、女《おんな》の子《こ》たちを見《み》て尋《たず》ねる。

「僕《ぼく》がどうかした？」

「――別《べつ》に」

オシくんの目《め》も見《み》ないまま、女《おんな》の子《こ》たちは部屋《へや》に戻《もど》った。

廊下《ろうか》に、わたしとオシくんだけが残《のこ》される。何《なん》とも言《い》えない空気《くうき》の中《なか》、せめて何《なに》か音《おと》が欲《ほ》しい。わたしは話題《わだい》も考《かんが》えないまま、声《こえ》を上《あ》げた。

「あの、オシく――」

「ありがとう」

わたしの声《こえ》をさえぎって、オシくんは微笑《ほほえ》む。そして、こう続《つづ》けた。

「やっぱり、駒野《こまの》さんは優《やさ》しい」

ああ、オシくんは今《いま》の陰口《かげぐち》も、わたしの言葉《ことば》も全部《ぜんぶ》聞《き》いていたんだ——と分《わ》かった。それでなお、わたしの前《まえ》に立《た》ってくれた。その時《とき》のオシくんがどんな気持《きも》ちだったかを思《おも》い、わたしは心臓《しんぞう》が押《お》し潰《つぶ》されそうになる。目《め》に涙《なみだ》がにじむ。

「泣《な》いてる？」

オシくんが、少《すこ》しだけ戸惑《とまど》ったような声《こえ》を出《だ》した。「大丈夫《だいじょうぶ》、大丈夫《だいじょうぶ》——」と、わたしは涙《なみだ》を拭《ぬぐ》いながら答《こた》える。

どうしてもっと早《はや》く、オシくんに話《はな》しかけていなかったんだろう。どうして初日《しょにち》から、たくさん言葉《ことば》を交《か》わさなかったんだろう。今日《きょう》で、自然学校《しぜんがっこう》は終《お》わりなのに。

「あの、オシくん、これ、もらって」

「これって……？」

「昨日《きのう》話《はな》した、マンガのキーホルダー」

わたしが差《さ》し出《だ》したのは、少女《しょうじょ》マンガ雑誌《ざっし》の読者《どくしゃ》サービス品《ひん》だった。前日《ぜんじつ》、オシくんと話《はな》して盛《も》り上《あ》がったマンガの、猫《ねこ》のキャラクターがデザインされている。

「大事《だいじ》なものなんじゃ……？」

「いいの！　どうせ、リングもゆがんでるし、渡《わた》しちゃっても惜《お》しくないというか——あ、どうでもいいものをあげるって意味《いみ》でもなくて、その……とにかく持《も》っててほしいの！」

わたしはオシくんの手《て》を取《と》って、自分《じぶん》の顔《かお》が熱《あつ》くなるのを感《かん》じながら、半《なか》ば強引《ごういん》にキーホルダーを握《にぎ》らせた。

わたしのそんな姿《すがた》がおかしかったのか、オシくんはずっと、優《やさ》しい笑《え》みを浮《う》かべていた。

それで、三年生《さんねんせい》だったわたしの自然学校《しぜんがっこう》は終《お》わり。


——それから今日《きょう》までの約三年《やくさんねん》、オシくんとは会《あ》っていない。

どうして突然《とつぜん》こんなことを思《おも》い出《だ》したんだろう、と思《おも》ったけれど——。思《おも》い出《で》の中《なか》の言《こと》葉《ば》が胸《むね》の中《なか》で響《ひび》く。ああ、「駒野《こまの》さんは優《やさ》しい」って、オシくんに言《い》われたんだっけ。

3

——そして、六年生《ろくねんせい》になった始業式《しぎょうしき》。

「忍俊雄《おしとしお》くん、今日《きょう》から、みんなと一緒《いっしょ》にこのクラスで学《まな》んでいきます」

先生《せんせい》は彼《かれ》を――オシくんをそう紹介《しょうかい》した。

オシくんが転校《てんこう》してきたのだ。――って、こんな偶然《ぐうぜん》ある？　嘘《うそ》でしょ？

身長《しんちょう》は伸《の》びていて、目線《めせん》が昔《むかし》よりも高《たか》くなっていて、大人《おとな》びていた。男《おとこ》の子《こ》にしては柔《やわ》らかい髪《かみ》は相変《あいか》わらずだったけど、その落《お》ち着《つ》いた印象《いんしょう》はもう中学生《ちゅうがくせい》にも見《み》えるくらい。

だからなのか、わたしはオシくんに話《はな》しかけるのが、なんか気恥《きは》ずかしくて、少《すこ》し離《はな》れたところから見《み》ているだけ。

休《やす》み時間《じかん》になると、クラスのみんなは転校生《てんこうせい》のオシくんにやたら話《はな》しかけていたけど、オシくんは緊張《きんちょう》していたのか、やけに素《そ》っ気《け》なかった。それでも、オシくんの見《み》た目《め》があか抜《ぬ》けていたせいか、同級生《どうきゅうせい》たちは（特《とく》に女子《じょし》は）オシくんにとても興味《きょうみ》を持《も》っていた。

放課後《ほうかご》、オシくんは職員室《しょくいんしつ》にいた。先生《せんせい》と話《はな》していたらしい。転校生《てんこうせい》だから、色々《いろいろ》とあるんだろう。その後《ご》、もうほとんど人《ひと》のいない玄関《げんかん》で、わたしはオシくんに声《こえ》をかけた。

「ね、わたし、駒野真心《こまのまこ》――覚《おぼ》えてる？」

下駄箱《げたばこ》の前《まえ》。ズラッと並《なら》んだ上履《うわば》きに囲《かこ》まれて、わたしの声《こえ》が響《ひび》いた。

「ああ、覚《おぼ》えてる」

オシくんはポツリと答《こた》えた。

覚《おぼ》えていてくれた。嬉《うれ》しい。嬉《うれ》しい——そのはずなのに。

わたしは妙《みょう》な寒気《さむけ》を感《かん》じた。オシくんの表情《ひょうじょう》は、靴《くつ》の入《はい》っていない下駄箱《げたばこ》みたいに空《から》っぽで——。私《わたし》のテンションとは、かなり差《さ》があった。

「元気《げんき》だった？」と尋《たず》ねるわたし。「まあ」と答《こた》えるオシくん。続《つづ》かない会話《かいわ》。「駒野《こまの》さんは？」なんていう言葉《ことば》も返《かえ》ってこない。

わたしはうつむいてしまった。冷《ひ》や汗《あせ》がにじむ背中《せなか》。シャツが張《は》り付《つ》いて気持《きも》ちが悪《わる》い。

——大丈夫《だいじょうぶ》？

その言葉《ことば》を待《ま》っている自分《じぶん》に気付《きづ》く。三年前《さんねんまえ》のオシくんなら、今《いま》のわたしの気持《きも》ちに、そんな言葉《ことば》で寄《よ》り添《そ》ってくれたかもしれない。でも今《いま》は——？

「あの、オシくん、自然学校《しぜんがっこう》の時《とき》の子猫《こねこ》——すごく大《おお》きくなったんだよ」

わたしは、話題《わだい》を一匹《いっぴき》の猫《ねこ》に移《うつ》した。三年前《さんねんまえ》、しきりに鳴《な》いていた子猫《こねこ》はアイという名《な》前《まえ》になって、今《いま》ではわたしの家《いえ》で、やんちゃな一匹《いっぴき》の家族《かぞく》になっている。

「そっか。良《よ》かった」

良《よ》かった——というオシくんの言葉《ことば》は、絶対《ぜったい》に悪《わる》い意味《いみ》じゃない。そのはずなのに。

オシくんの口調《くちょう》とか、口元《くちもと》とか、目《め》とか——全部《ぜんぶ》、平《たい》らな感情《かんじょう》しか示《しめ》さない。心《こころ》を優《やさ》しく包《つつ》んでくれるような眼差《まなざ》しや、不安《ふあん》をふんわりと抱《かか》えてくれる言葉《ことば》——わたしの記憶《きおく》の中《なか》にいるオシくんが、ここにはいない。

「やっぱり僕《ぼく》、何《なに》か変《へん》かな？」

オシくんが首《くび》を傾《かし》げた。

やっぱり——？　それはどういう意味《いみ》？　自分《じぶん》で思《おも》い当《あ》たるところがあるの？

「オシくん、今《いま》の——」

「ごめん、帰《かえ》るよ」

オシくんは突然《とつぜん》、会話《かいわ》を切《き》り上《あ》げた。わたしの質問《しつもん》が宙《ちゅう》に消《き》える。

素早《すばや》く靴《くつ》を履《は》き替《か》えて、玄関《げんかん》の外《そと》へ出《で》ていくオシくん。

取《と》り残《のこ》されたわたしは一人《ひとり》、立《た》ちつくす。

オシくんは変《か》わった——？

ねえ、オシくん。やっぱり、って——どういうこと？

4

足取《あしど》り重《おも》い帰《かえ》り道《みち》。

どうして一人《ひとり》で帰《かえ》っているんだろう。どうして一人《ひとり》で歩《ある》いているんだろう。

オシくんと一緒《いっしょ》に帰《かえ》ることを期待《きたい》していた。浮《う》かれていた。

わたしのことを覚《おぼ》えている――と、オシくんはそう言《い》ってくれた。それが余計《よけい》に、わたしの期待《きたい》を大《おお》きくしていた。でも、それがこのザマ。自分《じぶん》がみじめで嫌《いや》になってくる。

――オシくんは変《か》わった。

昔《むかし》に比《くら》べて、どこか冷《つめ》たい印象《いんしょう》を受《う》けた。自然学校《しぜんがっこう》で猫《ねこ》のお墓《はか》を作《つく》った時《とき》の――愛情《あいじょう》あふれる表情《ひょうじょう》が、とても遠《とお》いものに思《おも》えた。

オシくんは「やっぱり」と言《い》っていた。

オシくん自身《じしん》、自分《じぶん》が変《か》わったことに気付《きづ》いていて、しかも、原因《げんいん》に心当《こころあ》たりが――？

「――あれ？　ここ、どこ？」

思《おも》わず声《こえ》を上《あ》げた。いつの間《ま》にか、自分《じぶん》が異変《いへん》に巻《ま》き込《こ》まれていたからだ。

いつもみたいに、学校《がっこう》から家《いえ》までの二十分程度《にじっぷんていど》の道《みち》を歩《ある》いていたはずだ。普通《ふつう》の歩道《ほどう》を通《とお》って、普通《ふつう》の商店街《しょうてんがい》を過《す》ぎて――。

そのはずだったのに。

周《まわ》りには木《き》、木《き》、木《き》。そして下《した》は舗装《ほそう》されていない土《つち》の道《みち》。いつもコンクリートを舞《ま》っていた排気《はいき》ガスのにおいはない。車《くるま》が走《はし》っていない。まるで森《もり》の中《なか》だ。

でも、小鳥《ことり》の声《こえ》も動物《どうぶつ》の鳴《な》き声《ごえ》もしない。静《しず》かすぎて、逆《ぎゃく》に耳《みみ》が痛《いた》くなりそう。

道《みち》に迷《まよ》った？

まさか。だって、迷《まよ》うような道《みち》じゃない。今《いま》まで五年間《ごねんかん》、何百回《なんびゃっかい》も通《とお》った道《みち》だ。いつもと同《おな》じ道《みち》を歩《ある》いて、同《おな》じところで曲《ま》がって――変《か》わったことなんて何一《なにひと》つしていない。

引《ひ》き返《かえ》そう――と思《おも》って後《うし》ろを振《ふ》り返《かえ》るけど。

「――何《なん》で？」

道《みち》が真《ま》っ直《す》ぐ続《つづ》いていた。ひたすら真《ま》っ直《す》ぐ。真《ま》っ直《す》ぐすぎて、どれだけ道《みち》が続《つづ》いているのかも分《わ》からない。何百《なんびゃく》メートル、何《なん》キロ――ずっと。

気味《きみ》が悪《わる》い。

こんなに長《なが》く真《ま》っ直《す》ぐな道《みち》を歩《ある》いてきた覚《おぼ》えもない。何《なに》がどうなっているんだろう。

視線《しせん》を戻《もど》して前《まえ》を見《み》る。すると、一軒《いっけん》、二階建《にかいだ》ての家《いえ》が見《み》えた。いや、見《み》えたというか、すぐ目《め》の前《まえ》にあった。……おかしい。さっきはこんなもの目《め》に入《はい》らなかったのに。

「アイジョウ——ミセ、マゴコロ？」

家《いえ》のすぐ横《よこ》にある看板《かんばん》の文字《もじ》を読《よ》む。『愛情融資店まごころ』とあった。「融資」は何《なん》て読《よ》むのか分《わ》からない。

煤《すす》けた灰色《はいいろ》の漆喰《しっくい》の壁《かべ》に緑《みどり》の蔦《つた》が這《は》っていて、少《すく》なくとも新《あたら》しい建物《たてもの》には見《み》えない。おどろおどろしいと言《い》うのか、童話《どうわ》に出《で》てくる魔女《まじょ》の家《いえ》みたいなイメージすら浮《う》かぶ。

「でも、お店《みせ》なんだよね？」

看板《かんばん》の文字《もじ》を頼《たよ》りに、わたしは入口《いりぐち》の扉《とびら》に手《て》を掛《か》けた。もしも道《みち》に迷《まよ》ってしまっていたなら、早《はや》くここがどこなのか尋《たず》ねた方《ほう》が良《い》いと思《おも》ったから。

でもそれ以上《いじょう》に、わたしはこの店《みせ》に惹《ひ》きつけられていた。

好奇心《こうきしん》——というのとは違《ちが》う。使命《しめい》、というのに近《ちか》いけど、やっぱり違《ちが》う気《き》がする。

運命《うんめい》——？

それが一番近《いちばんちか》いかもしれない。でも、やっぱりあまりしっくりこない。

扉《とびら》を押《お》すと、チリン、と鈴《すず》が鳴《な》った。コンビニみたいな電子音《でんしおん》じゃない。扉《とびら》に付《つ》いていた金属《きんぞく》の鈴《すず》が響《ひび》いている。

そしてわたしは思《おも》い出《だ》す。春休《はるやす》みに見《み》た夢《ゆめ》のことを。

茶色《ちゃいろ》い木目《もくめ》の見《み》える壁《かべ》、木《き》のテーブルにイス、そして、まだ早《はや》い時間《じかん》なのに暗《くら》い部屋《へや》。

「あら、また来《き》たの」

落《お》ち着《つ》いた女《おんな》の人《ひと》の声《こえ》。建物《たてもの》の奥《おく》から出《で》てきたのは、そう——。

「夢《ゆめ》の……」

わたしは言葉《ことば》が続《つづ》かなかった。今《いま》わたしの目《め》の前《まえ》にいるのは、夢《ゆめ》で見《み》た女性《じょせい》だった。

「もしかして、今《いま》も夢《ゆめ》——」

「では、ないわよ」

わたしの独《ひと》り言《ごと》に、言葉《ことば》が被《かぶ》せられた。

「座《すわ》って、どうぞ」

目《め》の前《まえ》のイスを勧《すす》められたわたしは、不安《ふあん》を覚《おぼ》えながらも、言《い》われるがままに座《すわ》った。

すでに不安《ふあん》よりも、好奇心《こうきしん》の方《ほう》が強《つよ》くなっている。

「あの、さっき『また来《き》た』って言《い》いました？」

わたしは、向《む》かいに座《すわ》ったその人《ひと》に尋《たず》ねた。

「言《い》ったけど、それが何《なに》か？　駒野真心《こまのまこ》さん」

「わたしの名前《なまえ》、何《なん》で――」

「書《か》いてくれたでしょう？　書類《しょるい》に、名前《なまえ》」

女性《じょせい》は指先《ゆびさき》を動《うご》かした。わたしが、あの得体《えたい》の知《し》れない紙《かみ》を指《ゆび》でなぞった時《とき》のように。

――あれは夢《ゆめ》なんかじゃなかった？

「あ、あの、あなたは――」

「憩《いこい》」

「え？」

「私《わたし》の名前《なまえ》よ。イコイ――覚《おぼ》えた？」

「あっ、はい、イコイ――さん？」

「なあに？」

イコイさんは薄《うす》く笑《え》みを浮《う》かべ、長《なが》いツヤツヤした髪《かみ》を自分《じぶん》の指先《ゆびさき》に巻《ま》いて遊《あそ》んでいる。

「ここはどこですか？　どうしてわたし、ここに来《き》ちゃったんでしょう」

我《われ》ながら変《へん》な質問《しつもん》だと思《おも》った。自分《じぶん》で来《き》ておいて「来《き》ちゃった」も何《なに》もない。だけど、感覚《かんかく》としては間違《まちが》いなく「来《き》ちゃった」のだ。来《こ》ようと思《おも》って歩《ある》いてきた訳《わけ》じゃない。

「ここはお店《みせ》。前《まえ》にも言《い》ったでしょう？」

言《い》われて、看板《かんばん》の文字《もじ》を思《おも》い出《だ》す。

「愛情《あいじょう》……？」

「そう、『愛情融資店《あいじょうゆうしてん》まごころ』――それがこのお店《みせ》」

「ユウシ……？」

「融資《ゆうし》っていうのは、お金《かね》を融通《ゆうずう》すること」

「ユーズー……？」

「融通《ゆうずう》は、借《か》りたり貸《か》したりして、やりくりすること」

「ってことは、愛情融資店《あいじょうゆうしてん》っていうのは――」

「愛情《あいじょう》の銀行《ぎんこう》みたいなものよ。愛情口座《あいじょうこうざ》を作《つく》って、使《つか》わない愛情《あいじょう》をそこに預《あず》け、必要《ひつよう》になったら引《ひ》き出《だ》す。または、愛情《あいじょう》を借《か》りて、利子《りし》を付《つ》けて返《かえ》したり」

愛情《あいじょう》を預《あず》ける？　借《か》りる？　返《かえ》す？

「そんなこと――」

「できるのよ、これが」

イコイさんはわたしの言葉《ことば》を先取《さきど》りして、笑《わら》った。

「じゃあ、もしかしてわたしが前《まえ》に受《う》け取《と》った愛情《あいじょう》の半分《はんぶん》って、わたしが愛情《あいじょう》を『借《か》りた』ってことなんですか？」

「ああ、あれは少《すこ》し事情《じじょう》が違《ちが》うのよ」

「どういうことですか？」

「あれは事故《じこ》にあった不運《ふうん》なあなたへのプレゼント――といったところかしら。だから、返済《へんさい》の必要《ひつよう》はないわ」

ホッとした。今《いま》さら愛情《あいじょう》を返《かえ》せと言《い》われても困《こま》る。車《くるま》との事故《じこ》の翌日《よくじつ》、目《め》の前《まえ》で鳴《な》き続《つづ》けるアイを抱《だ》こうとしなかったわたし――あれを思《おも》い出《だ》すと、あまり良《い》い気《き》はしない。

「あなたがここに来《き》た理由《りゆう》、それは、あなたが愛情《あいじょう》の融通《ゆうずう》を必要《ひつよう》としていたから」

「わたし、別《べつ》にそんなこと考《かんが》えてませんでしたけど」

「でも、愛情《あいじょう》の融通《ゆうずう》を必要《ひつよう》としていない人間《にんげん》はこの店《みせ》には来《こ》られないわ」

「って言《い》われても……」

「愛情《あいじょう》を欲《ほ》しがる理由《りゆう》は様々《さまざま》。自分《じぶん》のために使《つか》う人《ひと》もいれば、誰《だれ》か親《した》しい人《ひと》のために使《つか》う人《ひと》もいる。たとえば、愛情《あいじょう》を失《うしな》ってしまった人《ひと》のために――」

そこまで聞《き》いて、わたしの頭《あたま》にオシくんの顔《かお》がよぎった。

「あの、この前《まえ》のわたしみたいに、男《おとこ》の子《こ》が愛情《あいじょう》を失《な》くしちゃうってこともあります？」

「性別《せいべつ》は関係《かんけい》ないわ。人《ひと》の心《こころ》はとても、もろくてうつろいやすい。あなたのように、事故《じこ》のショックで愛《あい》が失《うしな》われてしまうこともあるくらいなのだから」

「二《に》、三年《さんねん》の間《あいだ》に、人当《ひとあ》たりがすごく変《か》わっちゃったとか、そういうのも──」

「愛情《あいじょう》が関《かか》わっているケースもあるでしょうね。何《なに》か心当《こころあ》たりが？」

「今日《きょう》、クラスに転入《てんにゅう》してきた人《ひと》がいて、その人《ひと》とは何年《なんねん》か前《まえ》に会《あ》ってて、でも──」

「別人《べつじん》のようになっていた？」

「その子《こ》の名前《なまえ》は？」

先《さき》を読《よ》んでイコイさんが言《い》う。わたしは頷《うなず》いた。

「オシくんって言《い》います。忍俊雄《おしとしお》」

「そう……。あなたは、彼《かれ》をどうしたいの？」

「どう、って……」

「彼《かれ》が愛情《あいじょう》を失《うしな》っていたとして、あなたはどうしたい？」

「愛情《あいじょう》を戻《もど》してあげたいです。昔《むかし》の、優《やさ》しかったオシくんに……」

「あなたにできることは、いくつかあるわ」

「何《なん》ですか？」

「一《ひと》つは、自分《じぶん》の愛情《あいじょう》を彼《かれ》の愛情口座《あいじょうこうざ》に送《おく》ること。つまり、愛情《あいじょう》を振《ふ》り込《こ》むこと」

「そんなことできるんですか？」

「ここはそういうお店《みせ》だから。要望《ようぼう》があれば、他《ほか》の人《ひと》へ愛情《あいじょう》を送《おく》ることも請《う》け負《お》うわ。ただし、手数料《てすうりょう》をもらうけれど」

「手数料《てすうりょう》？　あの、わたし、お金《かね》ないです」

「大丈夫《だいじょうぶ》よ。手数料《てすうりょう》も愛情《あいじょう》で払《はら》ってもらうのがルールだから」

「手数料《てすうりょう》って、どれくらいかかるんですか？　そもそも、わたしって今《いま》、どれくらいの愛《あい》情《じょう》を持《も》ってるんです？」

「この前《まえ》、引《ひ》き出《だ》したでしょう？　31万《まん》5千縁《せんえん》——それが、今《いま》のあなたの愛情《あいじょう》の量《りょう》」

その数字《すうじ》は覚《おぼ》えがあった。確《たし》か、前《まえ》にこのお店《みせ》でサインした書類《しょるい》に書《か》いてあった数字《すうじ》。

「その、『エン』っていうのは——お金《かね》と同《おな》じ？『円《えん》』？」

「愛情《あいじょう》の単位《たんい》よ。人《ひと》と人《ひと》とを結《むす》ぶもの。『円《まる》』ではなくて『縁《えにし》』

円《えん》ではなくて、縁《えん》。それが、愛情《あいじょう》を数《かぞ》える時《とき》の単位《たんい》らしい。

「この前《まえ》の書類《しょるい》は、『口座開設書《こうざかいせつしょ》』と『払戻請求書《はらいもどしせいきゅうしょ》』というものよ」

イコイさんが言《い》うには、銀行《ぎんこう》にお金《かね》を預《あず》けたりする時《とき》には、その銀行《ぎんこう》の口座《こうざ》が必要《ひつよう》になる。そして、口座《こうざ》を作《つく》る時《とき》には口座開設書《こうざかいせつしょ》にサインをして申《もう》し込《こ》む。愛情《あいじょう》を扱《あつか》うこのお店《みせ》も、似《に》たようなものらしい。

「この前《まえ》はあなたの口座《こうざ》を作《つく》って、お店《みせ》から31万《まん》5千縁《せんえん》を入《い》れたの。そして『払戻請求書《はらいもどしせいきゅうしょ》』に従《したが》い、あなたは口座《こうざ》からその31万《まん》5千縁《せんえん》を引《ひ》き出《だ》した──つまり、心《こころ》の中《なか》に入《い》れた」

なるほど。「払戻請求書《はらいもどしせいきゅうしょ》」──名前《なまえ》は長《なが》いけど、要《よう》は、口座《こうざ》から愛情《あいじょう》を引《ひ》き出《だ》して心《こころ》に入《い》れる時《とき》に使《つか》う書類《しょるい》。

イコイさんが言《い》うには、口座《こうざ》に愛情《あいじょう》が入《はい》るだけでは、その人《ひと》の心《こころ》に変化《へんか》はないのだそうだ。口座《こうざ》から愛情《あいじょう》を引《ひ》き出《だ》して心《こころ》の中《なか》に入《い》れて初《はじ》めて、心《こころ》が変《か》わる。もっと愛《あい》を感《かん》じられるようになる。

「──で、今《いま》、わたしの心《こころ》の中《なか》に31万《まん》5千縁《せんえん》の愛情《あいじょう》があって、口座《こうざ》には空《から》っぽ、っていう状態《じょうたい》なんですね？」

イコイさんは頷《うなず》いた。そして──。

「あなた珍《めずら》しいわよ。大人《おとな》になっても、大体《だいたい》の人《ひと》は50万縁《まんえん》前後《ぜんご》を行《い》ったり来《き》たりするくらいなのだけれど……事故《じこ》にあうまでのあなたの62万縁《まんえん》というのは、子供《こども》にしては持《も》ち過《す》ぎていたくらい」

つまりわたしは、愛《あい》にあふれた人間《にんげん》だったということ？　それはそれで照《て》れる。

「話《はなし》を戻《もど》すと、たとえば、あなたの31万《まん》5千縁《せんえん》のうちのいくらかを、彼《かれ》の口座《こうざ》に振《ふ》り込《こ》む――そうすれば、彼《かれ》の性格《せいかく》も幾分《いくぶん》は元《もと》に戻《もど》るかもしれないわ」

「かもしれない？『かも』って、どうしてですか？」

「理由《りゆう》その一《いち》。さっきも言《い》ったように、口座《こうざ》に愛情《あいじょう》が入《はい》るだけじゃ心《こころ》は変《か》わらない。振《ふ》り込《こ》まれた愛情《あいじょう》を自分《じぶん》の心《こころ》に入《い》れる、と彼《かれ》が決《き》めなければ無意味《むいみ》になるわ」

そう言《い》われればそうだ。でも愛《あい》が口座《こうざ》にあるのに、あえて心《こころ》に入《い》れない人《ひと》なんているんだろうか。

「理由《りゆう》その二《に》。愛情《あいじょう》の量《りょう》が少《すく》なければ、焼《や》け石《いし》に水《みず》。仮《かり》に彼《かれ》の愛情《あいじょう》が0だとして、10万縁《まんえん》やそこらを与《あた》えたところで、果《は》たしてあなたが望《のぞ》むほどの変化《へんか》が表《あらわ》れるかどうか――」

「そうなんですか？」

「そもそも、元《もと》の性格《せいかく》が悪《わる》かったらどうしようもないし」

「それはないはずですけど……」

「あなたに分《わ》かりやすいようにたとえると、愛情《あいじょう》10万縁《まんえん》の心《こころ》で、誰《だれ》かが落《お》とした消《け》しゴム

を拾《ひろ》ってくれる。20万縁《まんえん》で、笑《わら》って挨拶《あいさつ》をする。30万縁《まんえん》で、掃除当番《そうじとうばん》を代《か》わってくれる
——あくまで目安《めやす》だけどね」

「ええ……」

思《おも》いきり不満《ふまん》の声《こえ》が漏《も》れた。

「先《さき》に言《い》っておくけれど、仮《かり》にあなたが、できる限《かぎ》りの愛情《あいじょう》を彼《かれ》に振《ふ》り込《こ》もうとしたところで、限界《げんかい》は15万《まん》7500縁《えん》よ」

「え？　でも、今《いま》のわたしの愛情《あいじょう》って31万《まん》5千縁《せんえん》ですよね？」

「他人《たにん》への振《ふ》り込《こ》みの場合《ばあい》、送《おく》る愛情《あいじょう》に対《たい》して100パーセントの手数料《てすうりょう》をもらうわ」

「どういうことです？」

「つまり、10万縁《まんえん》の愛情《あいじょう》を送《おく》ろうとした場合《ばあい》、同《おな》じ額《がく》の10万縁《まんえん》が手数料《てすうりょう》として掛《か》かるってこと。送《おく》る側《がわ》は、合計《ごうけい》20万縁《まんえん》の出費《しゅっぴ》になる」

「そんな！　高《たか》すぎますよ！」

「それくらい大変《たいへん》なことなのよ。自分《じぶん》の愛情《あいじょう》を他人《たにん》の愛情《あいじょう》に振《ふ》り替《か》えるってことは。何《なん》せ波長《はちょう》を合《あ》わせないといけないから」

「波長《はちょう》？」

「愛情《あいじょう》を振《ふ》り込《こ》むってことは、自分《じぶん》の心《こころ》を他人《たにん》の心《こころ》に無理《むり》やりしみ込《こ》ませる、ってことよ。たとえば臓器移植《ぞうきいしょく》が上手《うま》くいかないとかいう話《はなし》、聞《き》くでしょう？　それくらい、他人《たにん》と他人《たにん》を繋《つな》げるのは難《むずか》しい。１００パーセントの手数料《てすうりょう》くらい、安《やす》いものよ」

イコイさんの口調《くちょう》は軽《かる》いけど、反面《はんめん》、その意志《いし》は固《かた》そうだった。わたしがいくら頼《たの》んだところで、手数料《てすうりょう》を安《やす》くしてくれそうにない。

「あの、そもそも、オシくんの愛情量《あいじょうりょう》って、今《いま》どれくらいなんですか？」

「それは個人情報《こじんじょうほう》だから教《おし》えられないわ」

「ええ？　ひどくないですか？」

「人《ひと》の心《こころ》を好《す》きに覗《のぞ》き見《み》る方《ほう》がひどいことでしょう」

イコイさんの人差《ひとさ》し指《ゆび》が、わたしの唇《くちびる》を押《お》さえつける。言《い》われてみれば、そうかも。

「オシくんの愛情《あいじょう》が分《わ》からないのはしょうがないとしても……どっちみち、手数料《てすうりょう》が高《たか》すぎますよ。そんなんじゃ、すぐわたしの愛情《あいじょう》が空《から》っぽになっちゃいます」

「そこで、そんなあなたにもう一《ひと》つのご提案《ていあん》。うちの店《みせ》から愛情《あいじょう》を借《か》りること。その借《か》りた愛情《あいじょう》を、あなたがオシくんに振《ふ》り込《こ》めばいい」

「愛情《あいじょう》、貸《か》してもらえるんですか？」

「もちろん。ただ、利息《りそく》は掛《か》かるけどね」

「利息《りそく》？」

「利子《りし》とも言《い》うわね。あなたが借《か》りた愛情量《あいじょうりょう》と日数《にっすう》に応《おう》じて、その分《ぶん》の数《すう》パーセントをうちが余計《よけい》にもらうのよ。ただ愛情《あいじょう》を貸《か》して同《おな》じ額《がく》を返《かえ》してもらうだけだと、うちが儲《もう》からないでしょ？」

またパーセントが出《で》てきた。算数《さんすう》が好《す》きじゃないわたしは、顔《かお》をしかめた。

「そんな顔《かお》しないで。利息《りそく》は一《いっ》ヶ《か》月《げつ》で10パーセント程度《ていど》よ」

「10パーセント？」

「たとえば10万縁《まんえん》借《か》りたとして、一《いっ》ヶ《か》月後《げつご》に返《かえ》す額《がく》はプラス1万《まん》——たった11万縁《まんえん》よ？」

「でも、一《いっ》ヶ《か》月《げつ》で返《かえ》せなかったら？」

「その時《とき》はほら、一年《いちねん》くらいなら待《ま》ってもいいわ」

「……本当《ほんとう》ですか？」

「もちろん、その間《あいだ》にも利息《りそく》は掛《か》かるけど」

と言《い》っても、一《いっ》ヶ《か》月《げつ》でプラス1万縁《まんえん》なら、一年《いちねん》（十二《じゅうに》ヶ《か》月《げつ》）後《ご》でもプラス12万縁《まんえん》——元々《もともと》の返済額《へんさいがく》と合《あ》わせて22万縁《まんえん》。えっ、高《たか》くない？　元々《もともと》の二倍以上《にばいいじょう》になっている。

「ちなみに、利息《りそく》は単利《たんり》じゃなくて複利計算《ふくりけいさん》だから」

「タン……？　フクリ……？」

「一ヶ月《いっかげつ》ごとに掛《か》かる利息《りそく》が、それまで発生《はっせい》した利息《りそく》にも掛《か》かるのが複利計算《ふくりけいさん》よ。二ヶ月目《にかげつめ》の利息《りそく》は10万縁《まんえん》の10パーセントじゃなく、それまでの利息《りそく》も含《ふく》めた11万縁《まんえん》の10パーセント、つまり、１万《まん》１０００縁《えん》。そして三ヶ月目《さんかげつめ》はさらに――」

何《なん》だか面倒《めんどう》くさそうなので、わたしは真面目《まじめ》に聞《き》かずに、ただイコイさんの計算《けいさん》が終《お》わるのを待《ま》った。そして――。

「――それを続《つづ》けていくと、一年後《いちねんご》の返済額《へんさいがく》は31万《まん》３８４３縁《えん》になるわ」

「げっ。じゃあ借《か》りるのやめます」

「冷《つめ》たいこと言《い》わないで。返《かえ》しきれなかったら、お父《とう》さんとかお母《かあ》さんとかからも愛情《あいじょう》をしぼり取《と》れば済《す》む話《はなし》だから」

「怖《こわ》いこと言《い》わないで下《くだ》さい」

イコイさんは笑《わら》っている。一体《いったい》どういう性格《せいかく》してるんだこの人《ひと》は。

「じゃあしょうがないわね、三《みっ》つ目《め》――これはあまりお勧《すす》めしない手段《しゅだん》なんだけど」

「もういいです」

どうせ今《いま》みたいな方法《ほうほう》しか提案《ていあん》されない。怪《あや》しいお店《みせ》だ。

「そうね、とても安全《あんぜん》で、ほぼ確実《かくじつ》に愛情《あいじょう》を増《ふ》やせる手段《しゅだん》なんか、つまらないものね。聞《き》かない方《ほう》が良《い》いわ」

「教《おし》えてください」

わたしはイコイさんの手《て》を取《と》った。

「あなた、節操《せっそう》がないというか、調子《ちょうし》が良《い》いというか」

「それが取《と》り柄《え》なんです」

わたしは強引《ごういん》に押《お》しきった。取《と》り柄《え》と言《い》えなくもない。嘘《うそ》じゃないからいい――よね？

「あなたの愛情《あいじょう》を口座《こうざ》に預《あず》ける――というのはどう？」

「わたしの愛情《あいじょう》を？」

「それは言《い》わば、あなたがうちに貸《か》し付《つ》けた愛情《あいじょう》、という見方《みかた》もできる。あなたがうちの店《みせ》に愛情《あいじょう》を預《あず》ければ、今度《こんど》はそれに対《たい》して利息《りそく》が付《つ》くわ」

「つまり、わたしが利息《りそく》をもらえるってことですか？　それで、儲《もう》けた利息分《りそくぶん》をオシくんに渡《わた》す、と？」

「そう。まあ利率《りりつ》は少《すこ》し低《ひく》いけど」

「どれくらいですか？」

「一ヶ月《いっかげつ》で2パーセント」

「安《やす》っ」

「普通《ふつう》の銀行《ぎんこう》なんかよりもよっぽど高《たか》いのだけれど……まあいいわ。これも断《ことわ》るというのなら、残念《ざんねん》ながらあなたにできることはない」

そう言《い》われても、こっちだけ条件《じょうけん》が悪《わる》すぎない？

「じゃあ質問《しつもん》なんですけど、たとえばその利率《りりつ》でわたしが——3万縁《まんえん》預《あず》けたら、一年《いちねん》で利《り》息《そく》はいくらですか？」

「8047縁《えん》」

これだ。1万縁《まんえん》にもならない。オシくんの愛情《あいじょう》を戻《もど》すためにはまるで足《た》りない気《き》がする。その上《うえ》、手数料《てすうりょう》も掛《か》かる。そんなことしてられない。それくらいだったら、いっそ——。

「あの、たとえばですけど……わたしをこのお店《みせ》で雇《やと》ってもらうこと、できませんか？」

そんなわたしの言葉《ことば》を聞《き》いて、イコイさんはしばらく目《め》を丸《まる》くしていた。

「それで、お給料《きゅうりょう》を愛情《あいじょう》でもらう……それが難《むずか》しかったら、預《あず》けた時《とき》の利息《りそく》を少《すこ》し多《おお》めにしてもらうとか——そういうこと、できませんか？」

「……そんなに、彼《かれ》のことが心配《しんぱい》？」

「え？」

「数年《すうねん》ぶりに会《あ》っただけなのでしょう？　どうしてあなたがそこまでするの？」

どうして？

言《い》われてみれば、どうしてなんだろう。わたしがオシくんのために動《うご》く理由《りゆう》――？

「どうしてなんでしょう？」

「私《わたし》が聞《き》いてるのよ」

「そうなんですけど、でも、何《なん》でだろう……？」

わたしが首《くび》を傾《かし》げたのを見《み》て、イコイさんはやがて――思《おも》い切《き》り笑《わら》い出《だ》した。

「あなた、面白《おもしろ》いわね」

「笑《わら》わないでください。真剣《しんけん》に考《かんが》えてるんです」

「真剣《しんけん》に考《かんが》えてそれだから面白《おもしろ》いのよ」

イコイさんは長《なが》い髪《かみ》を揺《ゆ》らして、肩《かた》を震《ふる》わせ、全身《ぜんしん》で笑《わら》っていた。

「いいわ。利率《りりつ》を月《つき》５パーセントにまで上《あ》げてあげる。３万縁《まんえん》を預《あず》ければ、１年後《ねんご》に２万《まん》３０００縁《えん》以上《いじょう》、２年後《ねんご》には６万《まん》６０００縁《えん》以上《いじょう》の利息《りそく》になる。それでどう？」

「良《い》いんですか？」

「その代《か》わり、あなたの予定《よてい》は聞《き》かないわ。私《わたし》が必要《ひつよう》になったら、すぐにあなたを店《みせ》に呼《よ》び寄《よ》せる。いいわね？」

そうしてわたしは愛《あい》を預《あず》けた。口座《こうざ》の愛情《あいじょう》、3万縁《まんえん》。心《こころ》に残《のこ》った愛情《あいじょう》、28万《まん》5000縁《えん》。

5

十日後《とおかご》。

「じゃあ、この利息《りそく》の計算《けいさん》もお願《ねが》いね。手数料《てすうりょう》も漏《も》れがないか見《み》ておいて」

土曜日《どようび》の夕方《ゆうがた》。ランプの灯《あか》りが揺《ゆ》れる室内《しつない》。イコイさんの声《こえ》と、テーブルに積《つ》まれる紙《かみ》の束《たば》。人差《ひとさ》し指一本《ゆびいっぽん》くらいの厚《あつ》みがある。

今日《きょう》は学校《がっこう》が休《やす》みだったというのに、わたしはお店《みせ》のテーブルの前《まえ》に座《すわ》って、数字《すうじ》の計《けい》算《さん》、計算《けいさん》、また計算《けいさん》。

「あの、こういうのって、パソコンとかで管理《かんり》してるんじゃないんですか？」

わたしは電卓《でんたく》を叩《たた》きながら尋《たず》ねた。

テーブルに積《つ》まれているのは、数百人分《すうひゃくにんぶん》の愛情口座《あいじょうこうざ》の書類《しょるい》。つまり、この店《みせ》で愛情《あいじょう》を借《か》りたり、預《あず》けたりする人《ひと》がこれだけいるということ。わたしがしているのは、その利息計《りそくけい》算《さん》に間違《まちが》いがないかどうかの再計算《さいけいさん》。

「私《わたし》パソコン使《つか》えないもの。マコが使《つか》えるなら、マコの家《いえ》から持《も》ってきてもいいけど？」

「いや、わたしだって使《つか》えませんけど」

「そう。じゃあ手《て》を動《うご》かしてね」

イコイさんは話《はなし》を切《き》った。わたしも他《ほか》に良《い》い提案《ていあん》があるわけじゃないし、黙《だま》るしかない。

「これ、口座《こうざ》の人《ひと》の名前《なまえ》って分《わ》からないんですか？」

「分《わ》からないようにしてるのよ。前《まえ》にも言《い》ったでしょう、個人情報《こじんじょうほう》だ、って」

紙《かみ》に書《か》いてあるのは愛情《あいじょう》の数値《すうち》と日付《ひづけ》くらいで、それが誰《だれ》の口座《こうざ》かは分《わ》からない。

先週《せんしゅう》、イコイさんの店《みせ》の手伝《てつだ》いが決《き》まってから何度《なんど》か、わたしはこうやって店《みせ》に来《き》て仕《し》事《ごと》を任《まか》されていた。利息《りそく》の確認《かくにん》と、確認《かくにん》と、確認《かくにん》と、確認《かくにん》と――あと、ときどき店番《みせばん》。地味《じみ》で退屈《たいくつ》で死《し》にそう。やってることは算数《さんすう》と変《か》わらない。電卓《でんたく》で数字《すうじ》を打《う》つだけ。

「今日《きょう》はお客《きゃく》が来《き》そうね」

イコイさんが中央《ちゅうおう》のテーブルで紅茶《こうちゃ》を飲《の》みながら呟《つぶや》く。

「それ、いつも言《い》ってるじゃないですか。しかも、まだ来《き》たことないし」

「今日《きょう》は来《き》そうな気《き》がするのよ。上司《じょうし》の言《い》うことには話《はなし》を合《あ》わせなさい。私《わたし》が『カラスは白《しろ》い』と言《い》ったら、あなたも『そうですね』って言《い》うのよ」

イコイさんは少《すこ》しぶすっとした顔《かお》をして、わたしに近付《ちかづ》いた。

「余計《よけい》な口《くち》を叩《たた》く子《こ》には、コーディネートが必要《ひつよう》ね」

「は？」

イコイさんが、わたしの髪《かみ》の毛《け》をいじり始《はじ》めた。

そうして数分《すうふん》、わたしは頭《あたま》の両脇《りょうわき》に三《み》つ編《あ》みをぶら下《さ》げられ、前髪《まえがみ》はサイドに追《お》いやられピン留《ど》め。白黒写真《しろくろしゃしん》で見《み》る昔《むかし》の女学生《じょがくせい》のような見《み》た目《め》にされていた。

「ちょっと、何《なん》ですかこれ」

鏡《かがみ》を見《み》せられたわたしは、このクソダサな物体《ぶったい》が自分《じぶん》なのかどうかさえも疑《うたが》った。

「メガネも掛《か》けましょう。伊達《だて》メガネもあるから」

イコイさんが持《も》ってきたのは黒縁《くろぶち》の丸《まる》メガネ。それを見《み》た瞬間《しゅんかん》、ただでさえ地《ち》に落《お》ちた自分《じぶん》の見《み》た目《め》が、地下《ちか》に埋《う》まるのが想像《そうぞう》できた。

「イヤですよ」

「あなたのためよ」

イコイさんがそう言《い》った瞬間《しゅんかん》、チリンチリンと店《みせ》の鈴《すず》が鳴《な》った。珍《めずら》しい、来客《らいきゃく》だ。

「そのメガネ掛《か》けてなさい。店主命令《てんしゅめいれい》」

わたしにそう言《い》い放《はな》ち、イコイさんが来客用《らいきゃくよう》のテーブル席《せき》に座《すわ》る。わたしが作業《さぎょう》する狭《せま》いテーブルじゃなくて、店《みせ》の中央《ちゅうおう》に置《お》かれた、もっと大《おお》きく、光沢《こうたく》のあるテーブル。

「あっ――」

ドアから入《はい》ってきた女《おんな》の子《こ》を見《み》るなり、わたしは大急《おおいそ》ぎでメガネを掛《か》けた。何故《なぜ》ならその子《こ》は、同《おな》じクラスの三波《みなみ》さんだったから。

そうか、知《し》り合《あ》いが来《く》るという可能性《かのうせい》もあるんだ。もしも大人《おとな》が――それも先生《せんせい》なんかが来《き》たら大変《たいへん》だ。小学生《しょうがくせい》がお店《みせ》で働《はたら》くなんて、法律違反《ほうりついはん》――だよね？

「あの、ここ――？」

三波《みなみ》さんはキョロキョロと店内《てんない》を見回《みまわ》し、戸惑《とまど》いの声《こえ》を上《あ》げている。わたしが初《はじ》めてこの店《みせ》に来《き》た時《とき》と同《おな》じで、三波《みなみ》さんも、自分《じぶん》で来《こ》ようとして来《き》た訳《わけ》じゃないのかも？

「『愛情融資店《あいじょうゆうしてん》まごころ』にようこそ」

イスに座《すわ》ったまま、イコイさんが微笑《ほほえ》む。「座《すわ》って、どうぞ」とイコイさんが勧《すす》めると、三波さんはその対面へと座った。

途中《とちゅう》、わたしと目《め》が合《あ》った気《き》がしたけれど、このコーディネート（変装《へんそう》？）のおかげか、わたしが駒野真心《こまのまこ》であることには気付《きづ》いていないらしい。

「どのようなご用件《ようけん》で？」

イコイさんが尋《たず》ねる。だけど、三波《みなみ》さんは首《くび》を傾《かし》げるばかりだ。

「用《よう》って言《い》うか……歩《ある》いていたらフラッと来《き》ちゃってて……自分《じぶん》でもよく分《わ》かんない」

「必要《ひつよう》がない人《ひと》はここには来《こ》られないわ。あなたが心《こころ》の底《そこ》で望《のぞ》んでいることがあるはず」

「って言《い》われても、そもそもここって何《なん》なの？　意味分《いみわ》かんない」

「ここは愛情《あいじょう》を融通《ゆうずう》するお店《みせ》。愛情《あいじょう》を貸《か》し付《つ》けたり、あるいは預《あず》かったり――」

「愛情《あいじょう》を借《か》りる……？」

三波《みなみ》さんは「そんなバカな」だとか「嘘《うそ》をつくな」だとかは言《い》わず、イコイさんの言葉《ことば》にただ聞《き》き入《い》っていた。そして――。

「じゃ、借《か》りる」

三波《みなみ》さんは急《きゅう》に目《め》の色《いろ》を変《か》えて、決断《けつだん》していた。

え？　大丈夫《だいじょうぶ》なの？

外見《がいけん》を磨《みが》きまくって
モテてやる！
だってあたし、可愛《かわい》いし。

【顧客《こきゃく》No.601】
三波奈美
Nami Minami

1

吸《す》い込《こ》まれるように入《はい》ったお店《みせ》。そこにいたのは、黒《くろ》くて長《なが》い髪《かみ》が素敵《すてき》な女《おんな》の人《ひと》だった。

「愛情《あいじょう》を融通《ゆうずう》するお店《みせ》」とその人《ひと》は言《い》った。愛情《あいじょう》を貸《か》し借《か》りできる、って。

「じゃ、借《か》りる」

あたしは答《こた》えた。すぐに決《き》めた。

それもこれも、忍俊雄《おしとしお》――全部《ぜんぶ》、あいつのせい。

いや、正確《せいかく》に言《い》えば、あいつのせいと言《い》うより、あたしの周《まわ》りの――。

ううん。別《べつ》にいい。とにかく、あたしには愛情《あいじょう》が要《い》る。だから愛情借《あいじょうか》りて、蓄《たくわ》えて、愛《あい》情《じょう》にあふれた人間《にんげん》になってやる。それで見返《みかえ》してやればいい。みんな、みーんな。

「それで、どれだけ必要《ひつよう》？」

イコイさんという女《おんな》の人《ひと》は、利子《りし》がどうだのこうだのと説明《せつめい》した後《あと》、そう聞《き》いてきた。

「っていうか、どれだけ借《か》りられるの？」

「今《いま》のあなたの愛情《あいじょう》が大体《だいたい》30万縁《まんえん》だから……とりあえず15万縁《まんえん》くらい借《か》りてみたら？」

「じゃ、そうする」

「えっ」

と驚《おどろ》いた声《こえ》を出《だ》したのはあたしでもイコイさんでもない。脇《わき》のテーブルで電卓《でんたく》をカタカタ打《う》っていた、ダッサい女《おんな》の子《こ》。三《み》つ編《あ》みメガネのデコ出《だ》しヘアとか、一周《いっしゅう》回《まわ》って新《あたら》しいとでも思《おも》ってるの？　ってか、あたしと年齢《ねんれい》近《ちか》い？　見覚《みおぼ》えが——まあいっか。

「何《なに》か文句《もんく》あるの？」

あたしはその子《こ》に聞《き》こえるように、ちょっと大《おお》きめの声《こえ》で言《い》った。三《み》つ編《あ》みダサ子《こ》は、あたふたとした様子《ようす》で「何《なん》でもないです」と小《ちい》さく呟《つぶや》いた。何《なん》なの、マジで。

「ずいぶん思《おも》い切《き》りがいいのね？　そんなに愛情《あいじょう》が必要《ひつよう》？」

「理由《りゆう》を話《はな》さないと貸《か》してくれないお店《みせ》なの？」

「そんなことないわ。あなたみたいにケンカ腰《ごし》の女《おんな》の子《こ》にもちゃんと貸《か》してあげる」

そう言《い》ってイコイさんは笑《わら》った。道端《みちばた》の野良猫《のらねこ》を見《み》るような笑《わら》い方《かた》。ムカついたけど、相手《あいて》の様子《ようす》があまりにも余裕《よゆう》たっぷりなので、ここであたしがイライラしたら負《ま》けだ。

「転校生《てんこうせい》が来《き》たの」と、あたしは言《い》った。

「転校生《てんこうせい》？」

「男《おとこ》の子《こ》。昔《むかし》、自然学校《しぜんがっこう》で会《あ》ったことがあるの。その時《とき》と違《ちが》って、今《いま》は結構背《けっこうせ》が伸《の》びてて、顔《かお》もまあ、シュッと整《ととの》ってて――」

「格好良《かっこうい》い？」

「って言《い》う子《こ》もいる。あたしとしては、まあ、それなり――くらいだと思《おも》うけど」

「それで、どうして愛情《あいじょう》が要《い》るの？」

「……客観的《きゃっかんてき》に見《み》て、あたしって、学校《がっこう》の中《なか》でかなり可愛《かわい》いの」

「は？」

イコイさんは目《め》を点《てん》にした。何《なん》か腹立《はらた》つ。あたしの口《くち》はスピードアップする。

「しょうがないでしょ、客観的《きゃっかんてき》に見《み》てそうなんだから。奈美《なみ》ちゃんは可愛《かわい》いねって、先生《せんせい》も友達《ともだち》もその親《おや》も、みんな言《い》う。で、まあ、周《まわ》りに比《くら》べたらそう言《い》われるのも分《わ》かる」

「はあ」

「『はあ』ってなに？　しょうがないじゃん。そうなんだもん。それで、学校《がっこう》の男《おとこ》の子《こ》って、まあ、大体《だいたい》あたしのこと好《す》きになったり、そうは言《い》わないまでも、まあ――」

「チラチラとあなたの方《ほう》を見《み》たり？」

「分《わ》かってんじゃん。そう、そうなの。でね、転校《てんこう》してきた日《ひ》に、その男《おとこ》の子《こ》――ああ、

オシくんっていうんだけど、あたし声掛《こえか》けたの。学校案内《がっこうあんない》したげよっか、って」

「彼《かれ》は何《なん》て？」

「『別《べつ》に』って。ああ、照《て》れてるんだなって思《おも》った。だってそうじゃん。客観的《きゃっかんてき》に見《み》て、あたし可愛《かわい》いから。照《て》れるのも分《わ》かる。大抵《たいてい》の男《おとこ》の子《こ》、そうだから」

「はあ」

「『はあ』じゃなくて。だからね、それから定期的《ていきてき》に声掛《こえか》けてあげたの。家《いえ》どこ？　転校《てんこう》してきて困《こま》ってることない？　みたいに」

「そしたら？」

「もうね、ぜんっぜん。心《こころ》ないのかお前《まえ》、って言《い》いたくなるくらいノーリアクション。顔《かお》赤《あか》らめもしないで、『別《べつ》に、お構《かま》いなく』って言《い》って……」

言葉《ことば》が止《と》まる。

実《じつ》は、あたしが腹《はら》を立《た》ててるのはそこじゃない。いや、そこも多少《たしょう》ムカつくけど。

それよりも、その様子《ようす》を周《まわ》りで見《み》てる女《おんな》の子《こ》たちの態度《たいど》がムッカつく。

『あれ？　奈美《なみ》ちゃん、オシくんとなに話《はな》してたの？』

『え？　奈美《なみ》ちゃん、オシくんと一緒《いっしょ》に帰《かえ》らないの？』

『あ、オシくんって、外見《がいけん》で選《えら》ばないタイプなんだね』

そういうことを、笑顔《えがお》で言《い》ってくる。

表面上《ひょうめんじょう》は普通《ふつう》の会話《かいわ》。でも分《わ》かってる。あたしのことをバカにしてる。

ついさっきまであたしとオシくんとの会話《かいわ》をじっくり見《み》てた上《うえ》で、「なに話《はな》してたの？」

なんて聞《き》いてくる。あたしが邪険《じゃけん》にされたのを面白《おもしろ》く見《み》てた上《うえ》で、わざわざ。

ついさっき断《ことわ》られたのを分《わ》かってる上《うえ》で、「一緒《いっしょ》に帰《かえ》らないの？」なんて言《い》ってくる。

あたしの性格《せいかく》が悪《わる》いって言《い》いたいから「オシくんは外見《がいけん》で選《えら》ばない」なんていう言葉《ことば》を使《つか》ってくる。「三波奈美《みなみなみ》は、外見《がいけん》は良《い》いけど中身《なかみ》が悪《わる》い」って、仲間内《なかまうち》で笑《わら》いたいから。

分《わ》かってる。

でも、あたしは自分《じぶん》の性格《せいかく》がそこまで悪《わる》いだなんて思《おも》わない。あたしがみんなよりも美《び》人《じん》に生《う》まれたのは、どうしようもない。あたしは自分《じぶん》が可愛《かわい》いって自覚《じかく》して生《い》きてる。

それの何《なに》が悪《わる》い。

あたしだって努力《どりょく》してる。髪型《かみがた》だって、毎日少《まいにちすこ》しずつ変《か》えてる。肩《かた》まで伸《の》ばした髪《かみ》は正《しょう》直《じき》、邪魔《じゃま》なことばかりで、短《みじか》く切《き》っちゃいたいと思《おも》うことも結構《けっこう》ある。でも、長《なが》い方《ほう》が色《いろ》んな髪型《かみがた》にできる。自分《じぶん》に何《なに》が似合《にあ》うか、鏡《かがみ》を見《み》て研究《けんきゅう》してる。自分《じぶん》を可愛《かわい》く見《み》せるために、面倒《めんどう》くささをこらえて、髪《かみ》を伸《の》ばしてる。

服《ふく》だって、別《べつ》にお金《かね》にものを言《い》わせてる訳《わけ》じゃない。いとこのお姉《ねえ》さんのお古《ふる》を、たまにもらうくらい。あとはインナーとアウターで、相性《あいしょう》の良《い》い色合《いろあ》いを組《く》み合《あ》わせて着《き》る。

何《なん》の努力《どりょく》もしないで、毎日同《まいにちおな》じ髪型《かみがた》で、何《なん》の工夫《くふう》もしてない服《ふく》をただ着《き》てるだけのクラスメイトに、バカにされる筋合《すじあ》いはない。可愛《かわい》いと言《い》われるためには、可愛《かわい》い人間《にんげん》なりの努力《どりょく》がある。それを無視《むし》して、ただ笑《わら》う態度《たいど》が気《き》に入《い》らない。本当《ほんとう》に笑《わら》われるべきなのは、集団《しゅうだん》で人《ひと》をバカにすることしかできないお前《まえ》らだろーが。ムッカつく。

「ちょっと、急《きゅう》に黙《だま》っちゃって――どうかした？」

イコイさんのその言葉《ことば》で、我《われ》に返《かえ》る。頭《あたま》の中《なか》に湧《わ》いてきた女子《じょし》の顔《かお》を落《お》とすように、あたしはブンブンと頭《あたま》を振《ふ》って、会話《かいわ》をまた始《はじ》めた。

「コーイのヘンポーセーって知《し》ってる？」

あたしはイコイさんに聞《き》いてみた。この前《まえ》、インターネットで知《し》った言葉《ことば》。

「好意《こうい》の返報性《へんぽうせい》ね。自分《じぶん》が相手《あいて》に好意《こうい》を見《み》せれば、相手《あいて》も自分《じぶん》に好意《こうい》を抱《いだ》く、っていう」

「そう。別《べつ》にあたしはオシくんのこと、さほど好《す》きとかそういうのでもないんだけど、ちょっとこのままは悔《くや》しいし」

主《おも》に、女子《じょし》たちの態度《たいど》が。

「だから、愛情《あいじょう》をいっぱい持《も》って、オシくんに超好《ちょうす》き〜、みたいな態度《たいど》でアピールしまくる。

あたしがオシくんのこと好《す》きになれば、オシくんもそのうちあたしのこと好《す》きになる」

そうなれば、あの子《こ》たちもギャフンとなる。あたしをバカにしたままじゃいられない。

やっぱりあたしは可愛《かわい》くて、魅力的《みりょくてき》で、世《よ》の中《なか》の男《おとこ》の子《こ》の憧《あこが》れなのだ。

「それじゃあ、ここにサインを」と、イコイさんは書類《しょるい》をあたしに差《さ》し出《だ》す。

さあ、見《み》てろ女子《じょし》ども。覚悟《かくご》しろ忍俊雄《おしとしお》。

2

週明《しゅうあ》けの月曜日《げつようび》、一時間目《いちじかんめ》、国語《こくご》。声《こえ》を潜《ひそ》めて、あたしは話《はな》しかける。

「オシくん、問題《もんだい》です。先週《せんしゅう》と今日《きょう》とで、あたしはどこが変《か》わったでしょう？」

「……まぶたが二重《ふたえ》になった？」

正解《せいかい》は髪型《かみがた》です。ってゆーか、あたしは元々二重《もともとふたえ》だっつーの！

隣《となり》の席《せき》のオシくんは、今日《きょう》も平常運転《へいじょううんてん》。あたしの超絶可愛《ちょうぜつかわい》い笑顔《えがお》に何《なん》の興味《きょうみ》も示《しめ》さないで、平気《へいき》な顔《かお》して黒板《こくばん》を見《み》ている。おいこら、少《すこ》しは照《て》れろ。失礼《しつれい》だろ。

まあしょうがない。まだ慌《あわ》てるような時間《じかん》じゃない。愛情《あいじょう》を借《か》り入《い》れた今《いま》のあたしにとって、これくらいなんてことない。

オシくん、顔自体《かおじたい》はかなりイイ。隣《となり》で見《み》ている分《ぶん》には、とても目《め》が癒《いや》される。少《すこ》し中性《ちゅうせい》的《てき》で、オトコオトコしていないところも良《い》い。ガサツな感《かん》じがない。清潔感《せいけつかん》がある。

「……どうかした？」

あたしの視線《しせん》を感《かん》じたらしく、オシくんがこっちを見《み》て尋《たず》ねた。目《め》が合《あ》う。

ヤバ。至近距離《しきんきょり》で目《め》が合《あ》う破壊力《はかいりょく》ヤバ。イイ男《おとこ》か。

ちょっと待《ま》って。超《ちょう》ドキドキするんですけど。愛情増《あいじょうふ》やすのヤバい。惚《ほ》れそう。いや、まあ、いっそ惚《ほ》れちゃおうと思《おも》って借《か》りた訳《わけ》ではあるんだけど。

いやいやいや。いつまでもドキドキしてるだけのあたしではない。ここで作戦《さくせん》が一《ひと》つ。

ノートに消《け》しゴムをこすりつけます。ちょっと力《ちから》を入《い》れます。その拍子《ひょうし》に、消《け》しゴムが手《て》から滑《すべ》って床《ゆか》に落《お》ちます。——はい落《お》ちた。

床《ゆか》を転《ころ》がったあたしの消《け》しゴムが、オシくんの足元近《あしもとちか》くで止《と》まったのを見届《みとど》ける。

さて、この後《あと》の流《なが》れとしては、当然《とうぜん》、オシくんが消《け》しゴムを拾《ひろ》うでしょ。それで、あたしに消《け》しゴムが渡《わた》される。その時《とき》に、わざと、オシくんの手《て》に触《さわ》る。でもって、小声《こごえ》で「あっ」なんて言《い》いながら手《て》を引《ひ》っ込《こ》める訳《わけ》ですよ。

するとどうなる？　さすがのオシくんだって照《て》れちゃうでしょ。目《め》の前《まえ》であたしが顔赤《かおあか》らめながらモジモジするんだもん。そりゃ照《て》れますよ。そうしていつの間《ま》にか、オシくんはあたしのことを意識《いしき》しちゃう。はー完璧《かんぺき》。

準備万端《じゅんびばんたん》。今《いま》、床《ゆか》には消《け》しゴム。そして、ついに、オシくんが、その消《け》しゴムを——、消《け》しゴムを——、

うん。

拾《ひろ》えって。

ちょっと待《ま》って、さっきあたしが消《け》しゴム落《お》とすところ見《み》てたよね？　視界《しかい》に入《はい》ってたよね？　どうして微動《びどう》だにしないで黒板見《こくばんみ》てんの？　勉強大好《べんきょうだいす》きなの？

おかしい。もう作戦《さくせん》に支障《ししょう》が。昨日《きのう》お風呂《ふろ》で考《かんが》えたのに。あたしのバスタイム返《かえ》せ。

ということで、仕方《しかた》なく、あたしから声《こえ》をかける。

「オシくん、あたし、消《け》しゴム落《お》としちゃったんだけど」

「そうだね」

そうだね、って。

「知《し》ってたの？」

「うん。なかなか拾《ひろ》わないんだな、って思《おも》ってた」

あーなるほど。あたしが自分《じぶん》で拾《ひろ》うと思《おも》ってたのね。明《あき》らかにオシくんの方《ほう》が近《ちか》いんだけどね。愛情《あいじょう》ないのかお前《まえ》。鬼《おに》か。

「……取《と》ってくれると嬉《うれ》しいな」

「あ、なるほど」

世紀《せいき》の大発見《だいはっけん》みたいな顔《かお》して、オシくんはようやくあたしの要求《ようきゅう》に気付《きづ》いた。そして、ついに消《け》しゴムをあたしに渡《わた》す。あたしはすかさず、その手《て》に触《ふ》れる。

「あっ」

声《こえ》を出《だ》して、あたしは手《て》を引《ひ》っ込《こ》めた。上目遣《うわめづか》いでオシくんを見《み》る。はい、恋始《こいはじ》まるぞ。

「あ、静電気《せいでんき》？」

ムードも何《なに》も関係《かんけい》なく、オシくんは首《くび》を傾《かし》げた。どうやらあたしが手《て》を引《ひ》っ込《こ》めたのを、静電気《せいでんき》でパチッてなって痛《いた》かったんだろうと推理《すいり》したらしい。そんでもって、今《いま》やその顔《かお》は黒板《こくばん》に向《む》いている。うっそだろがオイ。

という訳《わけ》で、二時間目《にじかんめ》も、三時間目《さんじかんめ》も、四時間目《よじかんめ》もそんな感《かん》じで空回《からまわ》り。オシくん、鈍《にぶ》いとかそういうレベルじゃない。ロボだよ。感情《かんじょう》を知《し》らない出来立《できた》てロボ。何《なん》でよ。三年《さんねん》前《まえ》、自然学校《しぜんがっこう》で見《み》た時《とき》はまだ人間味《にんげんみ》あったじゃん。いや、よく話《はな》したことはないけど。

四時間目《よじかんめ》が終《お》わって給食準備《きゅうしょくじゅんび》。あたしは当番《とうばん》じゃないからトイレの個室《こしつ》でちょっと休憩《きゅうけい》。すると、鍵《かぎ》を掛《か》けたドアの向《む》こうで、数人《すうにん》の女《おんな》の子《こ》の声《こえ》がした。

「見《み》た？」

「奈美《なみ》ちゃんでしょ？　消《け》しゴム落《お》ちたの、あれ絶対《ぜったい》わざとでしょ」

「でもオシくんに無視《むし》されてたよね。超《ちょう》ウケたんですけど」

あー、はいはい。いつもの陰口三人組《かげぐちさんにんぐみ》。姿《すがた》は見《み》えないけど声《こえ》で分《わ》かる。面《めん》と向《む》かって言《い》ってこないけど、こういうところで言《い》いたい放題《ほうだい》。教室《きょうしつ》で話《はな》す時《とき》はタテマエばかり。でも、普段《ふだん》の会話《かいわ》でさえ、今《いま》みたいな本音《ほんね》が透《す》けて見《み》えることは多《おお》い。

陰口《かげぐち》を叩《たた》かれること自体《じたい》はしょうがないと思《おも》う。あたしだって、人《ひと》の悪口《わるくち》を言《い》わない訳《わけ》じゃない。きちんと本人《ほんにん》に言《い》えとも思《おも》わない。真《ま》っ直《す》ぐ正直《しょうじき》に生《い》きていくのが偉《えら》いことだとは思《おも》えない。嘘《うそ》をつけない人《ひと》よりも、上手《うま》くタテマエを使《つか》いこなして生《い》きている人《ひと》の方《ほう》が、よほど偉《えら》いと思《おも》う。だってそれは技術《ぎじゅつ》だ。上手《じょうず》に生《い》きるための嘘《うそ》の技術《ぎじゅつ》。

だからこそ、だ。

もう少《すこ》し気《き》を遣《つか》えよ、とも思《おも》う。学校《がっこう》のトイレなんて、誰《だれ》がいるか分《わ》からないでしょ。あんたらのすぐ近《ちか》くの個室《こしつ》には今《いま》、鍵《かぎ》が掛《か》かってるでしょ。そこに三波奈美《みなみなみ》がいるかもしれないとか、あんたら考《かんが》えないの？

——考《かんが》えないんだろうな。

思《おも》えば、三年前《さんねんまえ》の自然学校《しぜんがっこう》で、オシくんの陰口《かげぐち》を叩《たた》いていたのも、この三人《さんにん》のうちの一人《ひとり》だった。別《べつ》の学校《がっこう》の女子《じょし》と仲良《なかよ》くなったその子《こ》は、最終日《さいしゅうび》の朝《あさ》も、オシくんの服《ふく》に血《ち》が付《つ》いていただの何《なん》だので盛《も》り上《あ》がって。でも、それが今《いま》や——、

「ってかさ、オシくんのあの天然《てんねん》っぽいとこ、ギャップ萌《も》えじゃない？」

「分《わ》かる。クールって言《い》うか、ヌケてるみたいなのでしょ」

「背高《せたか》くて大人《おとな》びてるのに、どっかポーっとしてる感《かん》あるよね」

——これだ。三年前《さんねんまえ》に自分《じぶん》が何《なに》を言《い》ったか忘《わす》れて——いや、もしかしたら覚《おぼ》えてるのかもしれない。覚《おぼ》えててなお、こういう風《ふう》に盛《も》り上《あ》がれるんだろう。

もしかしたら、こんなことを気《き》にしてるあたしが細《こま》かいだけなのかもしれない。小《ちい》さい人間《にんげん》なのかもしれない。めちゃめちゃ器《うつわ》がちっちゃな女子《じょし》なのかもしれない。

でも、あたしは可愛《かわい》い。そこだけはこの人《ひと》たちに負《ま》けないし、それだけで良《い》いはずだ。

このまま個室《こしつ》のドアを開《あ》けて、これ見《み》よがしに登場《とうじょう》してやろうか――そんなことを思《おも》っていたら、一人《ひとり》の足音《あしおと》が増《ふ》えた。

一瞬《いっしゅん》、女子《じょし》たちの声《こえ》が止《と》まった。けれど、またしてもヘラヘラとした声《こえ》で言葉《ことば》が飛《と》ぶ。

「あ、マコちゃんじゃん」

マコちゃん？　誰《だれ》だっけマコちゃん。今年《ことし》から同《おな》じクラスだったっけ。コマノ――、そう、駒野真心《こまのまこ》。ってか、確《たし》か、その駒野《こまの》さんも自然学校《しぜんがっこう》にいた。その時《とき》はほとんど話《はな》さなくって、その後《ご》も、この学校《がっこう》で一緒《いっしょ》に遊《あそ》んだりするようなこと、なかったけど。

「マコちゃんも見《み》たでしょ？　前《まえ》の席《せき》だもんね」

「わたし？　見《み》たって？　何《なに》を？」

「奈美《なみ》ちゃんの下心見《したごころみ》え見《み》えアピール」

はいはい。そうですね、はーい、下心《したごころ》ですよー。

「それは別《べつ》に――オシくんに親切《しんせつ》にしてるってことでしょ？　なら、いいんじゃない？」

駒野《こまの》さんはそう答《こた》えた。予想外《よそうがい》。てっきり、みんなに話《はな》を合《あ》わせると思《おも》ってた。

少《すこ》しの沈黙《ちんもく》の後《あと》、別《べつ》の女子《じょし》の声《こえ》。

「親切《しんせつ》って言《い》うか、自分《じぶん》を可愛《かわい》く見《み》せたいだけでしょ。消《け》しゴム落《お》として拾《ひろ》わせて、手《て》が触《ふ》れ合《あ》って『きゃっ』みたいな？」

三人《さんにん》の笑《わら》い声《ごえ》が、膜《まく》のように女子《じょし》トイレを包《つつ》む。そんな中《なか》――。

「わたしは、まだ三波《みなみ》さんのことよく知《し》らないから、何《なに》も言《い》えない」

駒野《こまの》さんのその言葉《ことば》は、薄気味悪《うすきみわる》い笑《わら》いの膜《まく》を溶《と》かしていく。

「え～？　そんなん気《き》にすることないよ。だって奈美《なみ》ちゃん、別《べつ》にオシくんのこと好《す》きとかじゃないんだよ？　今《いま》までだってそうだったんだから。性格悪《せいかくわる》いんだよ？」

誰《だれ》かが言《い》った。

それはきっと本当《ほんとう》だ。あたしは自分《じぶん》の「可愛《かわい》い」を自覚《じかく》したいから、男《おとこ》の子《こ》に優《やさ》しくする。それを見《み》て、可愛《かわい》くない子《こ》たちが嫉妬《しっと》する。そして、あたしが少《すこ》しでも男《おとこ》の子《こ》から人気《にんき》が無《な》くなったら、女《おんな》の子《こ》たちはあたしのことを悪《わる》く言《い》う。ざまあみろ、と。それに耐《た》えられないから、あたしはもっと可愛《かわい》くいようとする。男《おとこ》の子《こ》に、もっと優《やさ》しくする。

「――わたしは、ちゃんと自分《じぶん》で確《たし》かめたいよ」

駒野《こまの》さんの声《こえ》が、あたしの目《め》の前《まえ》のドアを震《ふる》わせる。そして、言葉《ことば》が続《つづ》く。

「多分《たぶん》、世《よ》の中《なか》の色《いろ》んなことには理由《りゆう》があって――だから、三波《みなみ》さんにもきっと、何《なに》か理《り》

由《ゆう》があるんだと思《おも》う」

「理由《りゆう》って？　単《たん》に性格悪《せいかくわる》いだけでしょ？」

「悪《わる》いのかもしれないけど、わたしはまだ、三波《みなみ》さんのこと、よく知《し》らないし——。知《し》らないまま決《き》めつけるのは、何《なに》か、違《ちが》うと思《おも》う」

そんな駒野《こまの》さんの言葉《ことば》を聞《き》いて、あたしは思《おも》い出《だ》した。三年前《さんねんまえ》のあの日《ひ》の朝《あさ》。オシくんの噂話《うわさばなし》をする女子《じょし》たちに、ただ一人《ひとり》「違《ちが》う」と言《い》っていたのが駒野《こまの》さんだった。

「それに、こういう噂話《うわさばなし》って、結構本人《けっこうほんにん》の耳《みみ》に入《はい》るし……」

「入《はい》ってたら何《なん》だっていうの？」

「三波《みなみ》さん、自分《じぶん》がこういう風《ふう》に言《い》われてるって分《わ》かってて、それでも気《き》にしてないってことでしょ？　それってすごく、筋《すじ》が通《とお》ってて——。陰口叩《かげぐちたた》くよりは、格好《かっこう》がついてる」

駒野《こまの》さんの言葉《ことば》の後《あと》、会話《かいわ》はなくなった。誰《だれ》も何《なに》も言《い》えなくなって、ただただ、静《しず》か。

——不思議《ふしぎ》な気分《きぶん》だった。

恥《は》ずかしいような、ムカつくような、嬉《うれ》しいような——。

あたしの胸《むね》の中《なか》の一番深《いちばんふか》い部分《ぶぶん》を、指先《ゆびさき》で突《つ》かれたような感覚《かんかく》。駒野《こまの》さんとは全然関《ぜんぜんかか》わったことなんてないのに。

あたしがオシくんにこだわることとか、愛情《あいじょう》を借《か》りたこととか、その理由《りゆう》とか、全部《ぜんぶ》が見透《みす》かされてるみたいで、顔《かお》が熱《あつ》くなった。もちろん、そんなはずはないんだけど。駒野《こまの》さんが何一《なにひと》つ知《し》っている訳《わけ》はないんだけど。

自分《じぶん》の心《こころ》を掴《つか》まれたみたいで、気恥《きは》ずかしいのと、そっとしておいてほしいのと、それでも分《わ》かってくれた人《ひと》がいるんだという期待《きたい》みたいなのと。

胸《むね》の中《なか》がグルグルして、鼻《はな》の奥《おく》がツンとして、目《め》の端《はし》っこがジリジリと熱《あつ》くなった。

トイレットペーパーで目《め》を拭《ぬぐ》って、鼻《はな》をかんで、トイレに放《ほう》る。あたしの心《こころ》の中《なか》から余《よ》計《けい》なものが出《で》ていって、トイレットペーパーごと流《なが》れていった。

3

放課後《ほうかご》、駒野《こまの》さんに声《こえ》を掛《か》けてみた。「一緒《いっしょ》に帰《かえ》らない？」って。

そしたら駒野《こまの》さんは強張《こわば》った声《こえ》で「え」と言《い》った。直後《ちょくご》——、

「ごご、ごめんなさい、今《いま》のは嫌《いや》とかそういう意味《いみ》じゃなくて、びっくりがすごいから！」

外国人《がいこくじん》みたいな日本語《にほんご》で言《い》い訳《わけ》された。超緊張《ちょうきんちょう》してる、ということだけは分《わ》かる。

「──ま、いいけど」

あたしはそう言《い》って、駒野《こまの》さんと一緒《いっしょ》に校門《こうもん》を出《で》た。

「駒野《こまの》さんって、三年生《さんねんせい》の時《とき》、自然学校《しぜんがっこう》行《い》ってたよね」

「あ、うん、三波《みなみ》さんも、だよね」

二人《ふたり》でランドセルを背負《せお》いながら、並《なら》んで歩道《ほどう》を歩《ある》く。楽《たの》しい雰囲気《ふんいき》でも、明《あか》るい雰囲《ふんい》気《き》でもない。お互《たが》い、距離《きょり》を測《はか》っているような感《かん》じ。

──見《み》れば見《み》るほど普通《ふつう》の子《こ》。

あたしよりもツヤのない髪《かみ》。でこぼこのないぺたーっとした顔《かお》。目《め》はそれなりにぱっちりしてるけど、あたしの方《ほう》が大《おお》きいし。服《ふく》は何《なに》か全体的《ぜんたいてき》にぼわっとしてて、ゆるふわ系《けい》を狙《ねら》ってる？　長袖《ながそで》がダボッ、長《なが》めのスカートがびろん。

「駒野《こまの》さん、その服《ふく》」

「はい」

あたしの言葉《ことば》に、何故《なぜ》か敬語《けいご》で答《こた》える駒野《こまの》さん。構《かま》わず、あたしは尋《たず》ねる。

「今日《きょう》のテーマは？　コーディネートの、テーマ」

「え」

駒野《こまの》さんは顔《かお》を歪《ゆが》めると、おでこに指《ゆび》を当《あ》てて、しばらく宙《ちゅう》を見《み》てた。そして——。

「……スピーディー、とか」

「スピーディー？」

「そ。今日《きょう》、寝坊《ねぼう》して、トースト焼《や》いてる間《あいだ》にすぐ準備《じゅんび》したの。ハンガーに掛《か》かってたやつそのまま着《き》てきたから、こう、速度《そくど》を重視《じゅうし》、みたいな？」

駒野《こまの》さんは、身振《みぶ》り手振《てぶ》りを加《くわ》えて、朝起《あさお》きてから着替《きが》えるまでの一連《いちれん》の流《なが》れを教《おし》えてくれた。途中《とちゅう》からほとんど阿波踊《あわおど》りみたいになってたけど。

「……特《とく》にテーマはないってこと？」

「あ、そうとも言《い》います」

「さっきから、何《なん》でちょくちょく敬語《けいご》なの」

「や、だって、いきなりテーマとか聞《き》かれても、驚《おどろ》く」

「驚《おどろ》く？」

「そこまで考《かんが》えて、朝起《あさお》きてないよ」

やっぱり、あたしとは違《ちが》う。自分《じぶん》が着《き》るものとか、気《き》にになんないの？

「三波《みなみ》さんは毎日《まいにち》、テーマとか考《かんが》えてるの？」

「そりゃあ」

「はぇー」

「なに、『はぇー』って」

「そんなこと、いつ考《かんが》えるの?」

「いつって……気付《きづ》いたら考《かんが》えてる。他《ほか》の人《ひと》が着《き》てる服《ふく》見《み》て、真似《まね》しようって思《おも》ったり、全然《ぜんぜん》合《あ》ってないからもっとこうしたらいいのにって思《おも》ったり――」

「そういうのをヒントにして、毎朝服装《まいあさふくそう》のテーマ決《き》めてるの?」

「そりゃそうでしょ。統一感《とういっかん》のある、自分《じぶん》に似合《にあ》う服《ふく》、着《き》たいし」

だからあたしは可愛《かわい》いのだ。論理的《ろんりてき》に可愛《かわい》い。まぐれじゃない。百発百中《ひゃっぱつひゃくちゅう》で可愛《かわい》い。

「そっか、勉強《べんきょう》してるんだね」

「勉強《べんきょう》?」

「だってそうでしょ? 自分《じぶん》に何《なに》が似合《にあ》うかって、それ、実力《じつりょく》ないと無理《むり》なことだし」

駒野《こまの》さんは、何《なん》の含《ふく》みもない声《こえ》でそう言《い》った。タテマエも本音《ほんね》もない。事実《じじつ》の声《こえ》。

「三波《みなみ》さんがキレイなの。今《いま》までちゃんとそういうことを自分《じぶん》の頭《あたま》で考《かんが》えてきて、色々試《いろいろため》してみて――それがあったから、自分《じぶん》に似合《にあ》う服《ふく》を間違《まちが》わないで、可愛《かわい》く着《き》られる」

「……そう、思《おも》う？」

「そうでしょ？　要《よう》は、今《いま》までの勉強《べんきょう》と努力《どりょく》」

——いた。ここにいた。あたしの可愛《かわい》さを、努力《どりょく》だって言《い》ってくれる人《ひと》。

「嘘《うそ》みたい」

思《おも》わず、声《こえ》に出《だ》していた。

「えっ、嘘《うそ》って、いや、違《ちが》うよ、嘘《うそ》とかじゃなくて、違《ちが》います」

あたしの言葉《ことば》を聞《き》いて、駒野《こまの》さんはまたあたふたしている。でももちろん、あたしもそんな意味《いみ》で言《い》った訳《わけ》じゃない。

何《なん》だか、駒野《こまの》さんの慌《あわ》てている様子《ようす》が、妙《みょう》におかしくて、でも——。

可愛《かわい》かった。全然可愛《ぜんぜんかわい》くないのに、可愛《かわい》い。

あたしの方《ほう》が可愛《かわい》いのに、あたしなんかよりよっぽど可愛《かわい》い。

「……顔《かお》、赤《あか》いよ？」

駒野《こまの》さんがあたしの顔《かお》を覗《のぞ》き込《こ》む。

「えっ、うそ」

「ほんと。風邪《かぜ》かな？　気分悪《きぶんわる》い？」

あたしは、どうしちゃったんだろう。照《て》れてる？　いや――、ただ、嬉《うれ》しいんだと思《おも》う。分《わ》かってほしいことを分《わ》かってくれた人《ひと》が、今《いま》、ここにいること。ただそれだけのことが、あたしの体温《たいおん》を上《あ》げる。胸《むね》の中《なか》がジンジン、じわじわ、温《ぬく》もりにあふれてくる。

『まごころ』で借《か》りて、いつもよりも多《おお》いあたしの愛情《あいじょう》――そのせいなの？　あたしがこんなに、目《め》の前《まえ》の駒野《こまの》さんと一緒《いっしょ》にいたいと思《おも》うのは。近《ちか》くにいたいと思《おも》うのは。

でも、関係《かんけい》ないような気《き》もする。きっとあたしが愛情《あいじょう》を借《か》りていなくたって、あたしに、あんな風《ふう》に言《い》ってくれる人《ひと》がいたら――。

「本当《ほんとう》に大丈夫《だいじょうぶ》？　三波《みなみ》さん？」

「……ありがと」

「え？　何《なに》が？」

「なんでも。とにかく、ありがと」

あたしの言葉《ことば》に、駒野《こまの》さんは首《くび》を傾《かし》げている。その様子《ようす》もやっぱり愛《あい》らしい。

「自然学校《しぜんがっこう》の話《はなし》の続《つづ》きだけど――駒野《こまの》さんはオシくんと……ちょっと仲良《なかよ》かったよね？」

「仲良《なかい》いっていうか……最後《さいご》の夜《よる》に少《すこ》し話《はな》しただけ」

「そうなの？　でもこの前《まえ》、オシくんの転校《てんこう》してきた日《ひ》も、何《なに》か話《はな》してなかった？」

「それは……ただわたしのこと覚《おぼ》えてるかどうか聞《き》いて——何《なん》か、ほんと、それだけ」

そう答《こた》える駒野《こまの》さんの顔色《かおいろ》は、少《すこ》し沈《しず》んでいる。

それ以上《いじょう》、あたしは何《なに》も聞《き》かなかったけれど——。

何《なん》でだろう。オシくんにちょっかいをかけていたことが、妙《みょう》に申《もう》し訳《わけ》なく思《おも》えた。

別《べつ》に、駒野《こまの》さんがオシくんを好《す》きとか、そんなことを言《い》った訳《わけ》じゃない。それに、少《すく》なくともあたしには、今《いま》のところそういう風《ふう》にも見《み》えない。

でも、駒野《こまの》さんの表情《ひょうじょう》とか態度《たいど》とか、今《いま》の数秒《すうびょう》の動《うご》きの中《なか》に、色々《いろいろ》なものが詰《つ》まっているように思《おも》えた。二人《ふたり》の中《なか》には、あたしが軽《かる》い気持《きも》ちで入《はい》っていっちゃいけないような、硬《かた》くて、重《おも》くて、深《ふか》い、何《なに》かがあるように感《かん》じる。

「ね、あたし、駒野《こまの》さんと仲良《なかよ》くなりたいかも」

……何《なに》が「かも」だ。仲良《なかよ》くなりたいのだ、あたしは。それだけだ。でもそんなことだけ、言《い》えるはずもない。恥《は》ずかしくて、負《ま》けた気《き》がして、死《し》んじゃう。

だからあたしは「かも」を付《つ》けずにはいられない。感情《かんじょう》に被《かぶ》せる言葉《ことば》。あたしの心《こころ》を少《すこ》しだけ隠《かく》してくれるカーディガン。

「——わたしも……！　仲良《なかよ》くなりたい！」

駒野《こまの》さんが笑《わら》う。その言葉《ことば》に「かも」はない。気持《きも》ちと言葉《ことば》が同《おな》じ量《りょう》に揃《そろ》ってる。

だからだろう。

やっぱり駒野《こまの》さんは、あたしより可愛《かわい》くないのに、あたしなんかよりずっと可愛《かわい》いのだ。

4

「もういいの？　土《ど》・日《にち》・月《げつ》、それで今日《きょう》が火曜日《かようび》だから、四日《よっか》しか借《か》りてないわよ？」

翌日《よくじつ》行《い》った『まごころ』で、イコイさんに言《い》われた。前《まえ》と同《おな》じく、向《む》かい合《あ》って座《すわ》って。

「とりあえず、今《いま》のところはもういいかなって。色々《いろいろ》どうでもよくなっちゃった」

「へえ……」

イコイさんの黒《くろ》い瞳《ひとみ》が、真《ま》っ直《す》ぐあたしの目《め》を見《み》る。イコイさんの瞳《ひとみ》は顕微鏡《けんびきょう》みたいで、あたしの心《こころ》を一瞬《いっしゅん》で観察《かんさつ》してしまう——そんな気《き》がして、あたしは目《め》を逸《そ》らす。

「とにかく返《かえ》す。利子《りし》もかかるし。早《はや》く返《かえ》せるなら返《かえ》しちゃった方《ほう》が良《い》いんだから」

「それだと、うちの店《みせ》が儲《もう》からないのよね」

イコイさんはため息《いき》をついているけど、そんなのあたしの知《し》ったこっちゃない。

「それじゃ、返《かえ》してもらうわね」

イコイさんが言《い》って、立《た》てた人差《ひとさ》し指《ゆび》に息《いき》を吹《ふ》き掛《か》ける。すると、あたしの胸《むね》の中《なか》から、スルスルと糸《いと》のように光《ひかり》が抜《ぬ》け出《だ》して、イコイさんの指《ゆび》に巻《ま》き付《つ》いていった。

何《なん》となく、胸《むね》から熱《ねつ》が抜《ぬ》けたような感《かん》じ。

「利子《りし》の分《ぶん》も回収《かいしゅう》しているわ。以前《いぜん》のあなたより多少《たしょう》、愛情《あいじょう》は減《へ》ってるけど、まあ微々《びび》たるものよ。っていうか、ほとんど差《さ》、ないわね」

「そうなの？」

「愛情《あいじょう》は、貸《か》し借《か》りするだけじゃなく、生《う》まれたり、失《うしな》ったりするものでもあるから――」

イコイさんは、あたしの胸《むね》を指先《ゆびさき》で突《つ》いた。

「――この四日《よっか》で、あなたの中《なか》にも愛《あい》が生《う》まれていたのかもね」

そう言《い》って、目《め》だけ笑《わら》うイコイさん。この人《ひと》の言《い》うことは嘘《うそ》か本当《ほんとう》かよく分《わ》からない。

帰《かえ》ろうとして、あたしは席《せき》を立《た》った。その時《とき》、視界《しかい》の端《はし》に入《はい》ってきたのは、隅《すみ》っこのテーブルにいた、例《れい》のお手伝《てつだ》いみたいな女《おんな》の子《こ》。今日《きょう》も三《み》つ編《あ》みクソダサメガネ。

でも、何《なん》でだろう。

小《ちい》さく会釈《えしゃく》してくれたその子《こ》が、今日《きょう》はとても可愛《かわい》く見《み》えた。

【顧客《こきゃく》No.581】

忍 乃々

Nono Oshi

私《わたし》の人生《じんせい》、
どうなるのかな？
自分《じぶん》でがんばるしかないよね。

1

バスケ部《ぶ》の土岐《とき》くん。私《わたし》よりも頭一《あたまひと》つ高《たか》い身長《しんちょう》。男子《だんし》の中《なか》では大《おお》きくない。

でも、軽《かろ》やか。昼休《ひるやす》みの体育館《たいいくかん》で、綺麗《きれい》なレイアップシュートをしていたのを見《み》た。

つい二日前《ふつかまえ》、高校《こうこう》に入学《にゅうがく》したばかりなのに、すぐ入部届《にゅうぶとどけ》を出《だ》した土岐《とき》くん。それくらいバスケが好《す》きで、いつも笑《わら》っていて、何《なん》でもすぐ冗談《じょうだん》めかして、クラスでも人気《にんき》。

「中学《ちゅうがく》ん時《とき》、県大会出《けんたいかいで》てたでしょ？」

高校《こうこう》の入学式《にゅうがくしき》の日《ひ》、土岐《とき》くんは私《わたし》にそう声《こえ》をかけてきた。

「俺《おれ》ら、ちょっと女《じょ》バスの応援行《おうえんい》ってて——見覚《みおぼ》えある。うちの学校《がっこう》と試合《しあい》してたはず」

「えっと……？」

「うち、旭中《あさひちゅう》。そっちは確《たし》か——」

「私《わたし》、酒井中《さかいちゅう》だけど……あの、一《ひと》つ良《い》い？」

「なに？」

「うちの中学《ちゅうがく》、県大会《けんたいかい》、出《で》たことない」

「……うん。俺《おれ》も一《ひと》つ良《い》い？」

「なに？」

「実《じつ》は俺《おれ》もね、話《はな》しかけた後《あと》に、『あ、違《ちが》うわ』って思《おも》った」

彼《かれ》は申《もう》し訳《わけ》なさそうに笑《わら》って、それにつられて、私《わたし》も笑《わら》ってしまっていた。

それから、私《わたし》と土岐《とき》くんは、よく話《はな》すようになった。

偶然《ぐうぜん》にも、私《わたし》が中学《ちゅうがく》でバスケ部《ぶ》だったというのは事実《じじつ》だ。それを知《し》って、土岐《とき》くんも多《た》少《しょう》私《わたし》に興味《きょうみ》を持《も》ったんだと思《おも》う。共通《きょうつう》の趣味《しゅみ》を持《も》った友人《ゆうじん》として。

「やんないの？　バスケ？」

土岐《とき》くんがそう尋《たず》ねてきたのは、高校生活《こうこうせいかつ》三日目《みっかめ》の、今朝《けさ》。

「高校《こうこう》ではね、やらないの」

「マジ？　何《なん》で何《なん》で？」

「バイトするから」

そう、学校《がっこう》から自転車《じてんしゃ》で五分《ごふん》のところにあるスーパーマーケット。水曜《すいよう》・木曜《もくよう》の午後四時《ごごよじ》半《はん》から午後八時半《ごごはちじはん》までと、土曜《どよう》・日曜《にちよう》の午前十時《ごぜんじゅうじ》から午後五時四十五分《ごごごじよんじゅうごふん》まで。時給九百円《じきゅうきゅうひゃくえん》。

実《じつ》は今日《きょう》の放課後《ほうかご》から、もう始《はじ》まっていた。「いらっしゃいませ、ありがとうございます、またお越《こ》しくださいませ」のマニュアルを覚《おぼ》えて、レジの使《つか》い方《かた》を習《なら》い、「研修中《けんしゅうちゅう》：忍《おし》」の札《ふだ》を胸《むね》に付《つ》けて、ベテランのパートのおばさんと一緒《いっしょ》に接客《せっきゃく》。

全《すべ》てが初《はじ》めてで目《め》まぐるしく過《す》ぎた四時間《よじかん》を終《お》えて、夜道《よみち》を自転車《じてんしゃ》で走《はし》る。まだまだ慣《な》れない道《みち》。引《ひ》っ越《こ》したばかりのマンションまで十二分《じゅうにふん》。駐輪場《ちゅうりんじょう》に自転車《じてんしゃ》を止《と》めて、エレベーターに乗《の》り、八階《はちかい》のボタンを押《お》して上《うえ》へ。805号室《ごうしつ》「中田《なかた》」の表札《ひょうさつ》。

鍵《かぎ》を開《あ》けてドアの中《なか》、玄関《げんかん》から居間《いま》への扉《とびら》を開《あ》けると、カレーの匂《にお》い。

「おかえり」と俊雄《としお》の声《こえ》が響《ひび》く。俊雄《としお》は台所《だいどころ》の鍋《なべ》をお玉《たま》で掻《か》き回《まわ》しながら、「おばさん、遅《おそ》くなるから先《さき》食《た》べてて、だって」と、私《わたし》に告《つ》げてきた。

「そう。お風呂《ふろ》は？　あんた入《はい》って——ないね、その格好《かっこう》」

今朝《けさ》、家《いえ》を出《で》ていった時《とき》と同《おな》じ格好《かっこう》の俊雄《としお》。

「あ、風呂《ふろ》いれるの忘《わす》れてた」

「大丈夫《だいじょうぶ》。食《た》べてる間《あいだ》にお湯《ゆ》張《は》ろう。俊雄《としお》はそのままカレー盛《も》ってて」

お風呂場《ふろば》に行《い》って蛇口《じゃぐち》をひねり、居間《いま》に戻《もど》ると、もうカレーライスがテーブルに並《なら》んでいた。俊雄《としお》も席《せき》に着《つ》いている。

「はい食《た》べよ」と、言《い》いながら私《わたし》も席《せき》に着《つ》く。

「姉《ねえ》さん、スマホのタイマー。18分《ふん》、セットして」

「何《なん》で」

「お風呂《ふろ》。一昨日《おととい》、あふれさせたから」

なるほど、良《い》い心《こころ》がけ。小学六年生《しょうがくろくねんせい》の弟《おとうと》の忠告《ちゅうこく》を受《う》け取《と》りタイマーセット。そしてようやく、「いただきます」を唱《とな》えた。

――お母《かあ》さんが死《し》んだのは、一ヶ月前《いっかげつまえ》だ。

癌《がん》だった、らしい。

私《わたし》がお母《かあ》さんから初《はじ》めて説明《せつめい》を受《う》けたのは一年前《いちねんまえ》。中学三年生《ちゅうがくさんねんせい》の春《はる》。その頃《ころ》はまだ県内《けんない》の端《はし》っこの方《ほう》に住《す》んでいて、家《いえ》もマンションじゃなく、市営住宅《しえいじゅうたく》だった。

『あと一年《いちねん》経《た》ったらお母《かあ》さん、いなくなっちゃうからね』

俊雄《としお》が外《そと》に遊《あそ》びに出《で》ていた日《ひ》、お母《かあ》さんは言《い》った。私《わたし》とお母《かあ》さんと、二人《ふたり》だけでちょっと早《はや》いおやつを楽《たの》しんでいた時《とき》だ。月《つき》に一度《いちど》だけ買《か》う、駅《えき》の近《ちか》くの洋菓子屋《ようがしや》さんのマドレーヌ。甘《あま》くて香《こう》ばしい風味《ふうみ》が、お母《かあ》さんの言葉《ことば》で一気《いっき》に消《き》えた感覚《かんかく》を覚《おぼ》えている。

何《なに》を言《い》われたのかすぐには分《わ》からなくて。でも、何《なに》かとんでもないことを告《つ》げられたのだという緊張感《きんちょうかん》だけが、胃《い》の中《なか》にどんどん溜《た》まっていった。

その時《とき》にはもう、病気《びょうき》はかなり進行《しんこう》していたらしい。お母《かあ》さんから話《はなし》を聞《き》けば聞《き》くほど、現実感《げんじつかん》と絶望感《ぜつぼうかん》が私《わたし》の胸《むね》を突《つ》き上《あ》げて、まぶたから涙《なみだ》を押《お》し出《だ》した。

お父《とう》さんは、私《わたし》が三歳《さんさい》の時《とき》にやっぱり病気《びょうき》で亡《な》くなっていて——。それからはお母《かあ》さんと私《わたし》と俊雄《としお》と、三人家族《さんにんかぞく》で生活《せいかつ》していた。お母《かあ》さん方《かた》のお祖父《じい》ちゃんとお祖母《ばあ》ちゃんはもういなくて、お父《とう》さん方《かた》のお祖父《じい》ちゃんもやっぱりいない。唯一《ゆいいつ》生きてる、そこのお祖母《ばあ》ちゃんは、介護施設《かいごしせつ》に入《はい》っている。

『あとは加奈《かな》に——加奈《かな》おばさんに頼《たの》んでるから』

お母《かあ》さんは私《わたし》に全《すべ》てを話《はな》した後《あと》に、そう付《つ》け加《くわ》えた。お母《かあ》さんのたった一人《ひとり》の妹《いもうと》、中田《なかた》加奈《かな》——加奈《かな》おばさん。四十二歳《よんじゅうにさい》で、システムエンジニアという仕事《しごと》をしている。何《なに》をするかはよく知《し》らないけれど、システムと言《い》うからにはコンピュータ関係《かんけい》なんだろう。

そうして、お母《かあ》さんは病院通《びょういんがよ》いが多《おお》くなり、やがて入院《にゅういん》。薬《くすり》の副作用《ふくさよう》で髪《かみ》が抜《ぬ》けて、痩《や》せて、ボーっとしている時間《じかん》が長《なが》くなって、まともに話《はな》せる時間《じかん》は減《へ》った。

確《たし》かにお母《かあ》さんは生《い》きていたけれど、その時《とき》にはもう「毎日少《まいにちすこ》しずつ死《し》んでいく」という表現《ひょうげん》の方《ほう》が真実味《しんじつみ》を帯《お》びていた。そして私《わたし》は、お母《かあ》さんを見《み》てそんな言葉《ことば》を思《おも》いついてしまう自分自身《じぶんじしん》が、たまらなく嫌《いや》だった。

そして――。

お母《かあ》さんの言《い》ったとおり、その後《ご》のことは全《すべ》て加奈《かな》おばさんが何《なん》とかしてくれた。お母《かあ》さんのお葬式《そうしき》も、その後《ご》の私《わたし》たちの面倒《めんどう》も、加奈《かな》おばさんのマンション――つまりこの部《へ》屋《や》に引《ひ》っ越《こ》す手配《てはい》も全部《ぜんぶ》。

それまでは年《ねん》に何度《なんど》か会《あ》うくらいだったおばさんは、一緒《いっしょ》に住《す》む前《まえ》も、そして住《す》んでからも、相変《あいか》わらずサバサバした人《ひと》だった。

『おばさん、子育《こそだ》てしたことはないけど、貯金《ちょきん》はあるから。その代《か》わり、毎日仕事《まいにちしごと》。帰《かえ》りは遅《おそ》い。だから炊事《すいじ》、洗濯《せんたく》、掃除《そうじ》は任《まか》せた。それ以外《いがい》はこっちに任《まか》せなさい』

この家《いえ》に初《はじ》めて私《わたし》たちが来《き》た時《とき》、おばさんはそう言《い》った。

純粋《じゅんすい》に、ありがたかった。

どこかのドラマみたいに「家族《かぞく》のつもりで接《せっ》しなさい」とか「今日《きょう》からあたしがお母《かあ》さんだからね」とか言《い》われたら、正直《しょうじき》、どうしようかと思《おも》っていた。

私《わたし》にとってのお母《かあ》さんはお母《かあ》さんだけで、加奈《かな》おばさんは、どこまでいっても加奈《かな》おばさんだ。第二《だいに》のお母《かあ》さんにも第三《だいさん》のお母《かあ》さんにもなりはしない。

そう、加奈《かな》おばさんは加奈《かな》おばさん。言《い》い換《か》えれば、他人《たにん》。貯金《ちょきん》はあると言《い》っていたけれど、それを私《わたし》や俊雄《としお》のために使《つか》う義理《ぎり》はない。自分《じぶん》の姉《あね》の子《こ》ども――というそれだけの関係《かんけい》で、どうして私《わたし》たちに気前《きまえ》よくお金《かね》を使《つか》うことができるだろう。

私《わたし》たちを家《いえ》に置《お》いてもらえるのはありがたい。私《わたし》と俊雄《としお》だけじゃきっと、アパートを借《か》りることもできない。でも、そこに甘《あま》えすぎてもいけない。当《あ》てにしすぎてはいけない。いつ、おばさんの気《き》が変《か》わるか分《わ》からない。

それに――。

人間《にんげん》、いつ死《し》ぬか分《わ》からない。おばさんだって、もしかしたら明日《あした》には死《し》んでしまうかもしれない。その可能性《かのうせい》はゼロじゃない。

これから先《さき》もずっとそばにあると思《おも》っていたものが、突然失《とつぜんな》くなる。そういう理不尽《りふじん》が、この世《よ》にはある。私《わたし》も俊雄《としお》もそれを思《おも》い知《し》った。思《おも》い知《し》りすぎて、思《おも》い知《し》りすぎて、もう何《なに》も知《し》りたくないくらいだ。

だから私《わたし》たちは、自分《じぶん》の足《あし》で立《た》たなくちゃいけない。

スーパーで買《か》ったカレールウ、豚小間《ぶたこま》切《ぎ》れ、ニンジン、玉《たま》ねぎ、じゃがいも。それを切《き》って、炒《いた》めて、煮込《にこ》んで、カレーを作《つく》った俊雄《としお》。

そして今日《きょう》から私《わたし》は、俊雄《としお》がカレーを煮込《にこ》んでいる間《あいだ》に、スーパーでルウを売《う》って、豚《ぶた》小間《こま》、ニンジン、玉《たま》ねぎ、じゃがいもをまた売《う》って、毎月二十五日《まいつきにじゅうごにち》にお給料《きゅうりょう》を貰《もら》う。

時給《じきゅう》900円《えん》。

私《わたし》の予定《よてい》のシフトをこなして、一ヶ月《いっかげつ》に稼《かせ》げるのが大体《だいたい》で8万円《まんえん》。それを一年間続《いちねんかんつづ》けて96万円《まんえん》。三年間《さんねんかん》で288万円《まんえん》。

高校《こうこう》の入学金《にゅうがくきん》と三年間分《さんねんかんぶん》の学費《がくひ》、国公立大学《こっこうりつだいがく》の入学金《にゅうがくきん》と四年間分《よねんかんぶん》の学費《がくひ》——全部足《ぜんぶた》したらそれでもまだ70万円《まんえん》くらい足《た》りない。

本当《ほんとう》なら、学費《がくひ》だけじゃなくて、日々《ひび》の食《た》べ物代《ものだい》や、電気代《でんきだい》やガス代《だい》や、スマホの料金《りょうきん》、この家《いえ》の家賃《やちん》だって払《はら》わなくちゃいけない。

任《まか》せなさい——と、おばさんは言《い》うけれど。

とてもありがたいことなのだと、私《わたし》も思《おも》うけれど。

それをそのまま受《う》け入《い》れることはできない。高校《こうこう》も大学《だいがく》も義務教育《ぎむきょういく》じゃない。行《い》きたい人《ひと》が行《い》くところだ。それなら、せめてその学費《がくひ》くらい、私《わたし》が払《はら》わなくちゃいけない。

——その時《とき》。

テーブルの上《うえ》のスマホが鳴《な》った。

18分《ふん》が経《た》ったらしい。俊雄《としお》がお風呂場《ふろば》へ駆《か》け込《こ》み、お湯《ゆ》を止《と》めて戻《もど》ってきた。

「お湯《ゆ》の量《りょう》、どうだった？」

「目標《もくひょう》より1センチ水位《すいい》が高《たか》かった。今度《こんど》からは24秒《びょう》減《へ》らした方《ほう》が良《い》い」

冷静《れいせい》に答《こた》える俊雄《としお》。それに対《たい》して、私《わたし》は笑《わら》いつつ、率直《そっちょく》な感想《かんそう》を伝《つた》えた。

「あんた細《こま》か過《す》ぎ。ヤバい。え、なに、学校《がっこう》でもそんな風《ふう》なの？」

「何《なん》だよ、そんな風《ふう》、って。せっかくタイマーで測《はか》れるんだから具体的《ぐたいてき》な数字《すうじ》を出《だ》した方《ほう》がいいだろ。この三日《みっか》で計算《けいさん》したんだ。蛇口全開《じゃぐちぜんかい》なら24秒《びょう》で1センチ水位《すいい》が上《あ》がる」

「理屈《りくつ》っぽーい。あんた、モテないよ、それ」

「別《べつ》にモテるために学校《がっこう》行《い》ってる訳《わけ》じゃないよ」

「あら、何《なに》か立派《りっぱ》なこと言《い》ってる。じゃあ俊雄《としお》は、何《なん》のために学校《がっこう》行《い》ってんの？」

「医者《いしゃ》」

「え？」

「医者《いしゃ》になる。医者《いしゃ》は理系《りけい》だから、算数《さんすう》できた方《ほう》がいいんだ」

俊雄《としお》は、何《なん》でもないことのようにそう言《い》った。カレーを食《た》べる手《て》を止《と》めることなく。昔《むかし》から何度《なんど》も言《い》い続《つづ》けてきたことのように。当然《とうぜん》のことのように。

でも、私《わたし》はそんなこと初《はじ》めて聞《き》いた。今《いま》まで一度《いちど》も、俊雄《としお》は医者《いしゃ》になりたいなんて言《い》ったことない。でもきっと、俊雄《としお》は嘘《うそ》をついている訳《わけ》じゃない。

俊雄《としお》がそんなことを考《かん》えるようになった理由《りゆう》に、心当《こころあ》たりがありすぎた。医者《いしゃ》になる、というその言葉《ことば》の後《うし》ろで、痩《や》せたお母《かあ》さんが横《よこ》たわっているのが嫌《いや》でも見《み》えてしまう。

カレーが喉《のど》を通《とお》らなくなる。だから、無理《むり》やり声《こえ》だけ出《だ》した。

「じゃあ俊雄《としお》、大学《だいがく》行《い》かないとね」

「うん。国公立《こっこうりつ》の、医学部《いがくぶ》」

「もう決《き》めてんの？」

「私立《しりつ》の医学部《いがくぶ》って、高《たか》いから。行《い》くなら国公立《こっこうりつ》だよ」

私《わたし》は、変《へん》な咳《せき》が出《で》た。コップの水《みず》を飲《の》んで深呼吸《しんこきゅう》し、改《あらた》めて尋《たず》ねる。

「そんなの、どうやって知《し》ったの」

「小学校《しょうがっこう》の図書室《としょしつ》。職業図鑑《しょくぎょうずかん》とインターネット」

顔色一《かおいろひと》つ変《か》えずに答《こた》える俊雄《としお》。

そう言《い》えば、昔《むかし》から要領《ようりょう》が良《い》い弟《おとうと》だった。私《わたし》なんかよりもよほど、頭《あたま》が良《い》いんだろう。

もしもどちらかが大学《だいがく》に行《い》くなら、私《わたし》よりもこの弟《おとうと》の方《ほう》が行《い》くべきだ。

「——大丈夫《だいじょうぶ》だよ」

私《わたし》は言《い》う。自分《じぶん》に言《い》い聞《き》かせるように。

「そこら辺《へん》は、お姉《ねえ》ちゃんに任《まか》せなさい」

自分《じぶん》が加奈《かな》おばさんと同《おな》じ「任《まか》せなさい」を言《い》っていたと気付《きづ》いたのは、夕飯《ゆうはん》が終《お》わってお風呂《ふろ》に入《はい》った時《とき》だった。

2

俊雄《としお》は算数《さんすう》ができるけど、私《わたし》は数学《すうがく》ができない。それを思《おも》い知《し》らされたのは、高校《こうこう》に入学《にゅうがく》して二週間《にしゅうかん》が過《す》ぎた頃《ころ》だ。

因数分解《いんすうぶんかい》とかいうのが、全然分《ぜんぜんわ》からない。

X《エックス》とY《ワイ》がいっぱいあって、二乗《じじょう》があって、それを括弧《かっこ》で括《くく》ったら二乗《じじょう》が外《はず》れて――。

何《なに》を言《い》ってるか分《わ》からないと思《おも》うけど、私《わたし》も自分《じぶん》で何《なに》を言《い》っているのか分《わ》からない。

「来週《らいしゅう》の月曜日《げつようび》に、一度《いちど》、小《しょう》テストするからな」

水曜日《すいようび》、数学《すうがく》の先生《せんせい》がそう言《い》った。血《ち》の気《け》が引《ひ》いた。

「うへー、すっげえ顔《かお》」

休《やす》み時間《じかん》、土岐《とき》くんがそう茶化《ちゃか》すくらいには、私《わたし》、ヤバい顔《かお》をしていたんだろう。

「どうしよう、全然分《ぜんぜんわ》かんない」

「数学《すうがく》？　大丈夫《だいじょうぶ》、俺《おれ》もよく分《わ》かんない」

「それ、全然大丈夫《ぜんぜんだいじょうぶ》じゃない」

「そうか？　自分並《じぶんな》みにできない人間《にんげん》がいると、安心《あんしん》するけども」

「0点取《てんと》る人間《にんげん》が一人増《ひとりふ》えるだけでしょ。どこが安心《あんしん》なの？」

「オシさんとなら安心《あんしん》だ。しっかりしてるから」

「0点取《てんと》る人間《にんげん》がしっかりしてる訳《わけ》ないし」

「言《い》われてみればそうだ。やっぱオシさん頭良《あたまい》いな」

これだ。土岐《とき》くんと話《はな》してると、悩《なや》んでいるのがバカバカしくなってくる。

「いやいやいや、笑《わら》ってる場合《ばあい》じゃなくて。本当《ほんとう》にヤバいの私《わたし》」

「あそう、じゃ、勉強《べんきょう》するか、一緒《いっしょ》に」

「一緒《いっしょ》に？　土岐《とき》くんと二人《ふたり》で？」

「いや、分《わ》からない人同士《ひとどうし》でやってもしょうがないし、頭良《あたまい》い奴誘《やつさそ》って、三《さん》、四人《よにん》で」

言《い》われてみればそうだ。どうして二人《ふたり》きりでやる、なんていう選択肢《せんたくし》が出《で》てきたんだろう。私《わたし》もどうかしている。

「じゃ、ちょうど明日《あした》、俺《おれ》部活休《ぶかつやす》みだし、やる？」

「明日《あした》は……バイトがあって」

「あ、そうか。金曜《きんよう》と土曜《どよう》は俺《おれ》も部活《ぶかつ》だからな。じゃあ、日曜《にちよう》、誰《だれ》かの家《いえ》でとか？」

「日曜《にちよう》も……ごめん」

「マジ？　働《はたら》いてんなあ。何《なに》か欲《ほ》しいものでもあんの？」

私《わたし》と弟《おとうと》の将来《しょうらい》――なんて、言《い》う訳《わけ》はないけど。

「ちょっとね」

そうとだけ答《こた》える。うちの事情《じじょう》なんて話《はな》しても、「重《おも》い」と思《おも》われるだけだ。

大丈夫《だいじょうぶ》。「ちょっと」だ。ちょっとのことだ、こんなの。

3

水曜日《すいようび》が終《お》わって、木曜日《もくようび》。昨日《きのう》に続《つづ》いて、今日《きょう》もバイトがある。学校帰《がっこうがえ》りにそのまま自転車《じてんしゃ》でスーパーへ行《い》って、お店《みせ》の制服《せいふく》に着替《きが》えてレジに入《はい》る。

最近《さいきん》は大分《だいぶ》慣《な》れてきて、補助《ほじょ》のパートさんはつかず、私一人《わたしひとり》での仕事《しごと》になった。

午後四時半《ごごよじはん》の、放課後間《ほうかごま》もない時間《じかん》からのシフト。今日《きょう》は小学生《しょうがくせい》らしき二人《ふたり》の女《おんな》の子《こ》が最初《さいしょ》のお客《きゃく》さんだった。一人《ひとり》は、目鼻立《めはなだ》ちの整《ととの》った、タレントみたいな女《おんな》の子《こ》。もう一人《ひとり》は、いかにも普通《ふつう》な、親近感《しんきんかん》を覚《おぼ》える子《こ》。

「三波《みなみ》さん、何《なん》でコーヒー飲《の》めないのに買《か》うの？」

「飲《の》めないとかそういう問題《もんだい》じゃないから。今日《きょう》は雅《みやび》の中《なか》にクールさが必要《ひつよう》なの。缶《かん》コーヒーはそのためのアイテム」

「意味分《いみわ》かんない……」

「分《わ》かってよ。それに今日《きょう》は微糖《びとう》だから。前《まえ》は無糖《むとう》だったから超苦《ちょうにが》かったけど、微糖《びとう》ならいけるでしょ。余裕《よゆう》、超余裕《ちょうよゆう》。駒野《こまの》さん心配《しんぱい》しすぎ」

「またわたしのオレンジジュース飲《の》まれても困《こま》るんだけど。もう分《わ》けないからね？」

「分《わ》けてもらうかどうかはこの後決《あとき》めるから。そうしよ、そうして、お願《ねが》い」

去《さ》っていく二人《ふたり》。控《ひか》えめに言《い》ってアホのような会話《かいわ》だった。でも、あんな風《ふう》に軽口《かるくち》を叩《たた》き合《あ》える相手《あいて》がいるのは羨《うらや》ましい。

今思《いまおも》えば、私《わたし》、高校《こうこう》に入《はい》ってから友達《ともだち》と全然遊《ぜんぜんあそ》んでいない。高校《こうこう》に入《はい》って勉強《べんきょう》も難《むずか》しくなってる。予習《よしゅう》と復習《ふくしゅう》が必要《ひつよう》で、平日《へいじつ》はバイトと勉強《べんきょう》、そして家事《かじ》で手一杯《ていっぱい》だった。カレーとかの簡単《かんたん》なご飯《はん》なら俊雄《としお》が作《つく》ってくれるけど、毎日《まいにち》カレーという訳《わけ》にもいかない。だから週《しゅう》の半分《はんぶん》以上《いじょう》は私《わたし》が夕飯《ゆうはん》を作《つく》らなくちゃいけない。洗濯《せんたく》も俊雄《としお》と私《わたし》で当番《とうばん》を回《まわ》しているし、掃除《そうじ》もそうだ。

土日《どにち》は朝《あさ》から夕方《ゆうがた》までやっぱりバイトだし、加奈《かな》おばさんも、私《わたし》たちが引《ひ》っ越《こ》してからはほとんど家《いえ》にいない。会社《かいしゃ》が忙《いそが》しいとかで、今月《こんげつ》はほとんど休《やす》んでいないんじゃないだろうか。そう言《い》えば、まともに顔《かお》を合《あ》わせたの、引《ひ》っ越《こ》し前後《ぜんご》の三日《みっか》くらいだ。

何《なに》か変《へん》だ。私《わたし》の思《おも》い描《えが》いていた高校生活《こうこうせいかつ》と違《ちが》う。

そうして今日《きょう》も、いつの間《ま》にか四時間勤務《よじかんきんむ》を終《お》えて、夜九時前《よるくじまえ》に家《いえ》に着《つ》いた。勉強《べんきょう》なんてする気《き》も起《お》きず、ご飯《はん》を食《た》べて眠《ねむ》くなる。いつの間《ま》にか目《め》を閉《と》じ、おやすみなさい——。

——そして、気付《きづ》けば朝《あさ》。もう金曜日《きんようび》になってて、寝坊《ねぼう》して、ベッドから飛《と》び起《お》きて、俊雄《としお》が焼《や》いてくれていたトーストを食《た》べて学校《がっこう》へ。

数学《すうがく》。X《エックス》とY《ワイ》。「数《かず》」を「学《まな》ぶ」はずなのに、数《かず》ではないX《エックス》とY《ワイ》が私《わたし》を苦《くる》しめる。１２０円《えん》のりんごと80円《えん》のみかんの合計金額《ごうけいきんがく》を求《もと》めていた小学校《しょうがっこう》の算数《さんすう》が懐《なつ》かしい。今《いま》はもう、レジが全《すべ》てやってしまう。バーコードを読《よ》み取《と》って、合計金額《ごうけいきんがく》が一瞬《いっしゅん》でピッ。

算数《さんすう》はレジがやる。高校生《こうこうせい》の私《わたし》の仕事《しごと》は因数分解《いんすうぶんかい》。先生《せんせい》が書《か》く文字《もじ》をノートに写《うつ》すけれど、やっぱり意味《いみ》が分《わ》からない。

なので放課後《ほうかご》、職員室《しょくいんしつ》で数学《すうがく》の先生《せんせい》に解説《かいせつ》してもらった。一時間《いちじかん》ほど質問《しつもん》し続《つづ》けて、やっと基礎《きそ》が分《わ》かってきたけど、先生《せんせい》も疲《つか》れたのか「あとは図書室《としょしつ》でやれ」と追《お》い出《だ》された。

そうして、初《はじ》めて来《き》た高校《こうこう》の図書室《としょしつ》は静《しず》かで、部屋《へや》の奥《おく》の方《ほう》に自習《じしゅう》スペースがあった。

私以外《わたしいがい》に誰《だれ》もいない自習《じしゅう》スペース。明日《あした》からの土日《どにち》のバイトを思《おも》い、ため息《いき》をつきながら練習問題《れんしゅうもんだい》を解《と》く。そして気《き》が付《つ》けば午後六時《ごごろくじ》。時給《じきゅう》０円《えん》。

「お、マジでいた」

背後《はいご》から声《こえ》。振《ふ》り向《む》けば、ジャージ姿《すがた》の土岐《とき》くんがいた。

「え？　何《なん》で土岐《とき》くんがいるの？　部活《ぶかつ》は？」

「今終《いまお》わった。で、先生《せんせい》に、オシさん図書室《としょしつ》にいるって聞《き》いたから来《き》たんだよ。俺《おれ》だけ赤点《あかてん》取《と》るのヤだし。先生《せんせい》からコツ聞《き》いたんだろ？　教《おし》せーて」

ストン、と土岐《とき》くんは私《わたし》の隣《となり》に座《すわ》る。そしたら、ため息《いき》ばかりだった私《わたし》の胸《むね》に、どうしようもなくポカポカしたものが入《はい》り込《こ》んできて、温《あたた》かくて、熱《あつ》くて――。

改《あらた》めて私《わたし》のノートを見《み》せて、土岐《とき》くんに解説《かいせつ》する。

「いい？　これが――こうなるでしょ？」

「ならない」

「いや、なってるでしょ」

「言《い》われてみれば」

「真面目《まじめ》に聞《き》く気《き》ある？」

「今気付《いまきづ》いたんだけど、実《じつ》は俺《おれ》、その問題《もんだい》は分《わ》かるんだ。次《つぎ》のやつが分《わ》かんなくて」

「おいこら」

　ツッコミながら、笑《わら》ってしまう。いつの間《ま》にか彼《かれ》のペースに巻《ま》き込《こ》まれる。でも、巻《ま》き込《こ》まれたがっている自分《じぶん》もいる。

　もっとも、その二十分後《にじっぷんご》、私《わたし》たちは見回《みまわ》りに来《き》た先生《せんせい》に「もう帰《かえ》りなさい」と言《い》われて追《お》い出《だ》されてしまったのだけれど――。

　その流《なが》れで、駐輪場《ちゅうりんじょう》まで一緒《いっしょ》に帰《かえ》る――みたいな雰囲気《ふんいき》になった。

　玄関《げんかん》に行《い》くと、部活終《ぶかつお》わりの生徒《せいと》がちらほらいて、中《なか》にはバスケ部《ぶ》の人《ひと》もいた。

「あ、土岐《とき》くん帰《かえ》んの？」

　そう声《こえ》を掛《か》けてきたのは、ジャージ姿《すがた》の女子《じょし》。土岐《とき》くんが「お疲《つか》れ様《さま》です」と返《かえ》したところを見《み》ると、どうやら先輩《せんぱい》らしい。

その人《ひと》と、一瞬《いっしゅん》だけ目《め》が合《あ》った。

――きれいな人《ひと》。

昨日《きのう》、スーパーに来《き》た二人組《ふたりぐみ》の片方《かたほう》を思《おも》い出《だ》す。タレントみたいに可愛《かわい》い子《こ》。あの子《こ》が高校生《こうこうせい》になったらこんな感《かん》じかな、と思《おも》うくらい美人《びじん》な先輩《せんぱい》。私《わたし》は、思《おも》わず目《め》を逸《そ》らす。

「じゃ、土岐《とき》くん、また日曜日《にちようび》ね」

その先輩《せんぱい》はそう言《い》って、笑《わら》って手《て》を振《ふ》っていた。

その後《ご》、私《わたし》は土岐《とき》くんと外《そと》に出《で》て、並《なら》んで横《よこ》を歩《ある》く彼《かれ》に尋《たず》ねる。

「さっきの女《おんな》の人《ひと》――」

「ああ、バスケ部《ぶ》の――女《じょ》バスの二年《にねん》の先輩《せんぱい》。数学得意《すうがくとくい》だから教《おし》えてくれるって」

「え」

「前《まえ》に言《い》ったじゃん。頭良《あたまい》い人《ひと》に教《おし》えてもらおうか、って。それで、部活《ぶかつ》の時《とき》に話《はな》したら、『教《おし》えてあげる』って言《い》ってくれてさ」

――はい。何《なに》もおかしなところはない。困《こま》っていた土岐《とき》くんに、親切《しんせつ》な先輩《せんぱい》が手助《てだす》けしてくれる。ただそれだけのこと。それだけのことなのに。

私《わたし》とは、平日《へいじつ》に図書室《としょしつ》で二十分《にじっぷん》だけ。あのきれいな人《ひと》とは、休日《きゅうじつ》に家《いえ》で一日中《いちにちじゅう》。

もしも私《わたし》がバイトなんてしてなかったら、それは違《ちが》っていたんだろうか。

歩《ある》いていたら、すぐに駐輪場《ちゅうりんじょう》に着《つ》いた。私《わたし》と土岐《とき》くん、それぞれ自分《じぶん》の自転車《じてんしゃ》を探《さが》し当《あ》てる。一緒《いっしょ》ではない、全然別々《ぜんぜんべつべつ》の自転車《じてんしゃ》。

——分《わ》かってたのに。私《わたし》は何《なに》を期待《きたい》してたんだろう。バカみたいだ。

私《わたし》はバスケ部《ぶ》じゃない。スーパーのレジ係《がかり》。算数《さんすう》のためのレジ係《がかり》。

土岐《とき》くんと先輩《せんぱい》が数学《すうがく》をしている時《とき》、私《わたし》は算数《さんすう》をしている。二人《ふたり》がX《エックス》とY《ワイ》を眺《なが》めている時《とき》、私《わたし》はカレールウを見《み》ている。

「じゃ、また、月曜日《げつようび》」

土岐《とき》くんの言葉《ことば》に、「うん」と答《こた》える。先輩《せんぱい》は日曜日《にちようび》。私《わたし》は、月曜日《げつようび》。

土岐《とき》くんと別《わか》れて、自転車《じてんしゃ》をこぐ。暗《くら》くなった道《みち》を走《はし》る。

何《なに》も考《かんが》えたくない。ただ足《あし》を動《うご》かして。前《まえ》に進《すす》む。前《まえ》だけを見《み》て。

いつの間《ま》にか、よく知《し》らない場所《ばしょ》に来《き》ていた。さっきまで普通《ふつう》の道路《どうろ》だったのに、周囲《しゅうい》はいつしか木々《きぎ》が生《お》い茂《しげ》っている。そして目《め》の前《まえ》には、『愛情融資店《あいじょうゆうしてん》まごころ』というお
「——あれ?」

店《みせ》。壁《かべ》が蔦《つた》で覆《おお》われている、不思議《ふしぎ》な外観《がいかん》。私《わたし》は自転車《じてんしゃ》を降《お》りて、入口《いりぐち》に向《む》かっていた。

吸《す》い寄《よ》せられるように中《なか》に入《はい》る。真《ま》ん中《なか》のテーブル席《せき》に一人《ひとり》の女性《じょせい》が座《すわ》っていた。

「ようこそ、『愛情融資店《あいじょうゆうしてん》まごころ』へ」

そう言《い》われ、私《わたし》がイスに座《すわ》ると、彼女《かのじょ》はこの店《みせ》の説明《せつめい》を始《はじ》めた。

「ここは、愛情《あいじょう》を融通《ゆうずう》するお店《みせ》」

愛情《あいじょう》の貸《か》し借《か》りができる。つまりは、愛情《あいじょう》の銀行《ぎんこう》のようなものらしかった。そして私《わたし》は、直感的《ちょっかんてき》に理解《りかい》した。このお店《みせ》は、私《わたし》のために、今《いま》ここに現《あらわ》れてくれたのだ。

「愛情《あいじょう》を預《あず》けたい――です」

私《わたし》の言葉《ことば》が、部屋《へや》の中《なか》に響《ひび》く。


「……いいの？」


「いいんです。あんなことに一喜一憂《いっきいちゆう》してるのが、バカみたい」

同級生《どうきゅうせい》の男《おとこ》の子《こ》の言葉《ことば》に、態度《たいど》に――浮《う》かれて、舞《ま》い上《あ》がって。

そんな感情《かんじょう》、邪魔《じゃま》だった。

「今《いま》、あなたの口座《こうざ》には60万縁《まんえん》の愛情《あいじょう》があるけど――」

「余計《よけい》なことを考《かんが》えないくらい、少《すく》なくしちゃって下《くだ》さい」

「それじゃあ、45万縁《まんえん》ほど預《あず》かるわ。気《き》が変《か》わったらまた来《き》なさい」

女性《じょせい》が私《わたし》にそう告《つ》げると、お店《みせ》の奥《おく》から、小学生《しょうがくせい》くらいの女《おんな》の子《こ》がお盆《ぼん》を持《も》ってやってきた。お盆《ぼん》の上《うえ》にはティーカップが二《ふた》つ。

三《み》つ編《あ》みデコ出《だ》しメガネの女《おんな》の子《こ》。彼女《かのじょ》がテーブルに紅茶《こうちゃ》を置《お》くと、女性《じょせい》が礼《れい》を言《い》った。

「あら、ありがとう。ちょっと遅《おそ》かったけど」

「イコイさんが台所《だいどころ》散《ち》らかしてるから、準備《じゅんび》に時間《じかん》が掛《か》かるんです」

やり取《と》りを交《か》わす二人《ふたり》。どうやら向《む》かいの女性《じょせい》はイコイさん、というらしい。この小《ち》さな子《こ》はお手伝《てつだ》いだろうか。

二人《ふたり》が話《はな》している間《あいだ》に、改《あらた》めて店《みせ》の内装《ないそう》を眺《なが》めていると、棚《たな》の上《うえ》に、小《ち》さなショーケースがあることに気付《きづ》いた。透明《とうめい》な三段《さんだん》のケースに、色《いろ》んな小物《こもの》が置《お》いてある。

「どうかした？」とイコイさん。

「あ、いえ、別《べつ》に――」

そう答《こた》えて紅茶《こうちゃ》を一杯《いっぱい》飲《の》んだ後《あと》、私《わたし》は愛情《あいじょう》を預《あず》けた。心《こころ》に残《のこ》った愛情《あいじょう》、15万縁《まんえん》。

4

翌日《よくじつ》、土曜日《どようび》、朝《あさ》からバイト。

昨日《きのう》は加奈《かな》おばさんが会社《かいしゃ》に泊《と》まった。これで土日《どにち》は三週連続《さんしゅうれんぞく》で顔《かお》を合《あ》わせていない。

まあ、その方《ほう》が都合《つごう》は良《い》い。

実《じつ》は、バイトをしているということは、おばさんに言《い》っていない。そんなことを言《い》えば、どうしてお金《かね》が要《い》るのだ、という話《はなし》になる。

おばさんが「お金《かね》のことは任《まか》せなさい」と言《い》ってくれたのに、私《わたし》がバイトをしているというのは失礼《しつれい》な話《はなし》だろう。おばさんのことを信用《しんよう》していない、ということになるからだ。

それくらいは私《わたし》でも想像《そうぞう》できる。だから今《いま》のところは黙《だま》ってバイトをする方《ほう》が良《い》い。俊雄《としお》にも、おばさんに余計《よけい》なことは言《い》わないよう口止《くちど》めしている。勤《つと》める時《とき》に、保護者《ほごしゃ》の同意書《どういしょ》が必要《ひつよう》だったけど、勝手《かって》におばさんの名前《なまえ》を書《か》いて、お店《みせ》に提出《ていしゅつ》したのも、絶対内緒《ぜったいないしょ》。

午前十時《ごぜんじゅうじ》から四時間《よじかん》レジを打《う》ち、四十五分休憩《よんじゅうごふんきゅうけい》して、今度《こんど》は三時間《さんじかん》レジを打《う》つ。いらっしゃいませ、二千円《にせんえん》でございます、ありがとうございました、またお越《こ》しくださいませ。

作《つく》った笑顔《えがお》。マニュアルで決《き》められた言葉《ことば》。真《ま》っ平《たい》らな心《こころ》。

「お願《ねが》いします、店員《てんいん》さん」

お昼前《ひるまえ》、そう言《い》ってスポーツドリンクを持《も》ってきたのは、土岐《とき》くんだった。

「ここだったのか、オシさん、バイトしてたの」

「言《い》ってなかったっけ？　土岐《とき》くん今日《きょう》は――部活《ぶかつ》の帰《かえ》り？」

「そそ。さっき終《お》わったんだ」

中身《なかみ》の無《な》い会話《かいわ》を、作《つく》り笑顔《えがお》でこなす。何《なに》も感《かん》じない。ポカポカしない。汗《あせ》も出《で》ない。

「それじゃ、また」と土岐《とき》くん。「うん、また、月曜日《げつようび》にね」と答《こた》える私《わたし》。

またお越《こ》しくださいませ――マニュアルの言葉《ことば》で、土岐《とき》くんの背中《せなか》を見送《みおく》る。

楽《らく》だった。純粋《じゅんすい》に、楽《らく》。

きっと、わざわざ私《わたし》のレジを選《えら》んでくれたのであろう土岐《とき》くんの気遣《きづか》い。それに気付《きづ》いてなお、私《わたし》は冷静《れいせい》でいられた。

これでいい。――いいんだよね？

心《こころ》にそんな確認《かくにん》をする暇《ひま》もなく、並《なら》んでいた次《つぎ》のお客《きゃく》の相手《あいて》をする。母親《ははおや》と女《おんな》の子《こ》のペア。見覚《みおぼ》えのあるその子《こ》は、この前《まえ》、友達《ともだち》とオレンジジュースを買《か》いに来《き》た子《こ》だった。きれいな子《こ》の方《ほう》じゃなく、普通《ふつう》の子《こ》の方《ほう》。――ああ、この子《こ》にも母親《ははおや》がいるんだな。

そんな当《あ》たり前《まえ》のことが脳《のう》みそにへばりついて、いつの間《ま》にか一日《いちにち》が終《お》わった。

帰《かえ》って、寝《ね》て、起《お》きたら、日曜日《にちようび》がやってきて――。

また、昨日《きのう》と同《おな》じことを繰《く》り返《かえ》す一日《いちにち》が始《はじ》まった。

日曜日《にちようび》の今日《きょう》、土岐《とき》くんは先輩《せんぱい》の家《いえ》で数学《すうがく》。私《わたし》はスーパーで算数《さんすう》。時給《じきゅう》900円《えん》の算数《さんすう》。

そうしてレジをこなしていた夕方《ゆうがた》、四十代《よんじゅうだい》くらいのおばさんが持《も》ってきた買《か》い物《もの》カゴに、面倒《めんどう》な商品《しょうひん》が一《ひと》つ。

「申《もう》し訳《わけ》ございませんお客様《きゃくさま》、こちら、値札《ねふだ》がはがれてしまっておりますので、レジをお通《とお》しすることができないのですが、売《う》り場《ば》に確認《かくにん》させて頂《いただ》いてよろしいでしょうか？」

私《わたし》はマニュアルどおりに尋《たず》ねる。

袋《ふくろ》に入《はい》ったバナナ一房《ひとふさ》。本来《ほんらい》なら値札《ねふだ》シールが貼《は》られているのだが、はがれてしまっている。バナナは、青果売《せいかう》り場《ば》の方《ほう》で、古《ふる》くなったものに改《あらた》めて安《やす》い値札《ねふだ》を張《は》り直《なお》すようになっている。だから、値札《ねふだ》がはがれていた場合《ばあい》、レジで値段《ねだん》の判断《はんだん》ができない。新《あたら》しいものか古《ふる》いものか、勝手《かって》に私《わたし》が決《き》められないからだ。

「あら本当《ほんとう》？　でも、100円《えん》のコーナーにあったのよ？」

ということは、古《ふる》いバナナということになる。普通《ふつう》は２００円《えん》する。でも、見《み》るからに新《あたら》しい気《き》がするのは私《わたし》の気《き》のせいだろうか。

「ですが、値札《ねふだ》がない以上《いじょう》、こちらで判断《はんだん》もできませんので――」

お客《きゃく》が集《あつ》まる夕方《ゆうがた》。レジにはどんどん人《ひと》が並《なら》ぶ。並《なら》んでいるお客《きゃく》のイライラが伝《つた》わってくる。私《わたし》もこんなのにいちいち構《かま》いたくないけれど、ないがしろにする訳《わけ》にもいかない。

「でも百円《ひゃくえん》のところにあったのよ」

「そうですね、それでは、売《う》り場《ば》の担当者《たんとうしゃ》に確認《かくにん》いたしますので、恐《おそ》れ入《い》りますが少々《しょうしょう》お待《ま》ち頂《いただ》けますか？」

私《わたし》が言《い》うと、おばさんはたまらなく嫌《いや》そうな顔《かお》をした。

「じゃあいいわよ、それ要《い》らない。さっさとお会計《かいけい》済《す》ませちゃって。――ったく」

そして飛《と》んでくる舌打《したう》ち。私《わたし》は頭《あたま》を下《さ》げて「かしこまりました、申《もう》し訳《わけ》ございません」と唱《とな》える。まるでお坊《ぼう》さんの修行《しゅぎょう》。おばさんの舌打《したう》ちが滝《たき》のように私《わたし》を打《う》ち付《つ》けている。

――なんなの？

土曜日《どようび》も日曜日《にちようび》も朝十時《あさじゅうじ》に来《き》て、今《いま》もあんたみたいなのを相手《あいて》にしている私《わたし》が、なんでこんなことで舌打《したう》ちされなくちゃいけないの？

値札《ねふだ》が付《つ》いていなかったのは私《わたし》のせいじゃない。値段《ねだん》を決《き》める権限《けんげん》がないのは私《わたし》のせいじゃない。マニュアルを作《つく》ったのは私《わたし》じゃない。

それでも、時給《じきゅう》900円《えん》の仕事《しごと》だから——。

X《エックス》もY《ワイ》も関係《かんけい》ない、お金《かね》を扱《あつか》う仕事《しごと》だから——。

間違《まちが》えちゃいけない仕事《しごと》だから——。

——文句《もんく》を言《い》わずにやってるんじゃないか。私《わたし》は何《なに》も悪《わる》くないのに、申《もう》し訳《わけ》ございませんでしたと、あんたに頭《あたま》を下《さ》げてるんじゃないか。

歯《は》を食《く》いしばる。力《ちから》を入《い》れていないと、言葉《ことば》が口《くち》から出《で》てきてしまいそうだったから。

目《め》の前《まえ》のこの人《ひと》の全部《ぜんぶ》を否定《ひてい》する言葉《ことば》を、吐《は》き捨《す》ててしまいそうだったから。

合計金額《ごうけいきんがく》が出《で》る。お金《かね》を受《う》け取《と》る。お釣《つ》りを渡《わた》す。そして私《わたし》は言《い》うのだ。

ありがたくないのに「ありがとうございました」

もう来《く》るなと思《おも》ってるのに「またお越《こ》しくださいませ」

心《こころ》を殺《ころ》して、思《おも》ってもいない言葉《ことば》を口《くち》にする。「毎日少《まいにちすこ》しずつ死《し》んでいく」のは、お母《かあ》さんだけじゃなかった。私《わたし》の心《こころ》も、毎日少《まいにちすこ》しずつ死《し》んでいく。

——最悪《さいあく》だった。

午後《ごご》五時四十五分《ごじよんじゅうごふん》になって仕事《しごと》を終《お》える。

さっきのお客《きゃく》の言葉《ことば》と、顔《かお》と、仕草《しぐさ》と――頭《あたま》からこびりついて離《はな》れない。思《おも》い出《だ》す度《たび》に悔《くや》しくて、情《なさ》けなくて、気付《きづ》けば歯《は》を食《く》いしばっている。

お店《みせ》の外《そと》に出《で》ると、生温《なまあたた》かな空気《くうき》を感《かん》じた。最近《さいきん》、少《すこ》しずつ気温《きおん》が上《あ》がっている。私《わたし》と違《ちが》って、だんだん陽気《ようき》になっていく季節《きせつ》がうらやましい。

自転車《じてんしゃ》に乗《の》る。けれど、家《いえ》には帰《かえ》らない。行《い》き先《さき》も決《き》めないで、街《まち》を走《はし》った。少《すこ》しは心《こころ》が晴《は》れるかと思《おも》ったけど、何十分《なんじっぷん》走《はし》っても、私《わたし》の胸《むね》の中《なか》は何《なに》も変《か》わらない。ただ脚《あし》が疲《つか》れて、汗《あせ》をかいただけ。「お前《まえ》に青春《せいしゅん》はない」と、世界《せかい》から言《い》われているみたいだ。

家《いえ》に帰《かえ》ると、午後六時半《ごごろくじはん》を回《まわ》っていた。今日《きょう》は俊雄《としお》が夕飯《ゆうはん》を作《つく》ってくれているはずだ。もちろんカレー。

俊雄《としお》が台所《だいどころ》にいると思《おも》っていたが、いない。でも鍋《なべ》は火《ひ》に掛《か》かっていて、焦《こ》げ臭《くさ》い。

「ちょっとちょっと……！」

慌《あわ》てて火《ひ》を消《け》す。フタを開《あ》けてみたら、カレー。ただ、鍋肌部分《なべはだぶぶん》は焦《こ》げている。

「俊雄《としお》？　いる？」

居間《いま》を探《さが》すと、ソファの上《うえ》に寝転《ねころ》がっている弟《おとうと》を見《み》つけた。開《ひら》きっぱなしの本《ほん》の上《うえ》に顔《かお》がのっている。どうやら、読《よ》みながら寝落《ねお》ちしたらしい。

「ちょっと俊雄《としお》、起《お》きな」

私《わたし》が体《からだ》を揺《ゆ》すると、目《め》をこすりつつ、俊雄《としお》は体《からだ》を起《お》こした。

「なに寝《ね》てんのあんた。カレー焦《こ》げてたよ」

「あ」

台所《だいどころ》に走《はし》る俊雄《としお》。鍋《なべ》を見《み》て、顔《かお》をしかめていた。

私《わたし》はため息一《いきひと》つ。外《そと》で嫌《いや》なことがあったと思《おも》ったら、うちでもこんな状況《じょうきょう》。ついてない。

でも、カレーが焦《こ》げたといっても鍋肌《なべはだ》だけだ。とりあえず、真《ま》ん中《なか》の方《ほう》は大丈夫《だいじょうぶ》。

「お風呂《ふろ》は？　お湯《ゆ》いれた？」

気《き》を取《と》り直《なお》して尋《たず》ねた。すると――。

「お風呂《ふろ》は――あ」

俊雄《としお》が固《かた》まる。嫌《いや》な予感《よかん》。

私《わたし》の耳《みみ》に、聞《き》き覚《おぼ》えのある音《おと》が、薄《うす》ーく入《はい》ってきた。慌《あわ》ててお風呂場《ふろば》に行《い》くと、やはり、お風呂《ふろ》のお湯《ゆ》がジャボジャボあふれている。私《わたし》の舌打《したう》ちが、お風呂場《ふろば》に響《ひび》く。

お湯《ゆ》を止《と》めて居間《いま》に戻《もど》ると、俊雄《としお》はバツが悪《わる》そうな顔《かお》で立《た》っていた。私《わたし》は声《こえ》を振《ふ》り絞《しぼ》る。

「まあ……いーよ。もうご飯《はん》食《た》べちゃおう。私《わたし》、お腹空《なかす》いたから」

「それが……」

「焦《こ》げてるっていっても、ちょっとでしょ？　大丈夫《だいじょうぶ》。ご飯《はん》盛《も》って。私《わたし》は食器《しょっき》出《だ》すから」

「ご飯《はん》、なんだけど――」

「だからなに？」

その小《ちい》さな声《こえ》にイライラしてくる。もっとはっきり喋《しゃべ》りなさいよ。

「――炊《た》くの、忘《わす》れてた」

嘘《うそ》でしょ。

私《わたし》が炊飯《すいはん》ジャーのフタを開《あ》けると、確《たし》かに。お米《こめ》は研《と》がれて水《みず》と一緒《いっしょ》に入《はい》っていたけど、生《なま》だ。肝心《かんじん》の炊飯《すいはん》スイッチが入《はい》っていなかった。

「あーもー、さいっあく」

ため息《いき》と共《とも》に声《こえ》が出《で》る。今日《きょう》起《お》きた全《すべ》ての出来事《できごと》が、この一言《ひとこと》に凝縮《ぎょうしゅく》されていた。

「私《わたし》さ、今日《きょう》働《はたら》いてたんだけど」

気《き》が付《つ》いたら、口《くち》に出《で》ていた言葉《ことば》。

朝《あさ》から晩《ばん》までギュウギュウに締《し》め付《つ》けられていた私《わたし》の心《こころ》が、胸《むね》の中《なか》で暴《あば》れている。

「あんたは何《なん》なの？　のんきに居眠《いねむ》りして、カレー焦《こ》がして、お米炊《こめた》くの忘《わす》れて、風呂《ふろ》のお湯《ゆ》あふれさせて」

舌打《したう》ちが口《くち》の中《なか》で弾《はじ》ける。悪意《あくい》で言葉《ことば》が汚《よご》れていく。

「私《わたし》お腹空《なかす》いてんだけど。ねえ、分《わ》かってんの？」

「……ごめん」

「ごめんじゃなくって。誰《だれ》でも言《い》えるよ、ごめんなんてさ。あんた今日何《きょうなに》してたの？」

止《と》まらない。言葉《ことば》も、何《なに》もかも。

「今日《きょう》は……午前中《ごぜんちゅう》に、学校《がっこう》の——っていうか、地域《ちいき》のゴミ拾《ひろ》いがあって。……午後《ごご》は、その流《なが》れで、学校《がっこう》の人《ひと》と外《そと》で遊《あそ》んでた」

「で？」

「帰《かえ》ってきて、ご飯作《はんつく》って……その間《あいだ》に本読《ほんよ》んだら寝《ね》てた。ちょっと疲《つか》れた、のかな」

「遊《あそ》んで疲《つか》れて寝《ね》てました、って話《はなし》？」

「や、でも、遊《あそ》んでた途中《とちゅう》で、『ご飯作《はんつく》るから』って、ちゃんと帰《かえ》ってきたし……」

「そんなの当《あ》たり前《まえ》でしょ！」

怒鳴《どな》り散《ち》らした。この家《いえ》に来《き》て、初《はじ》めて。

「今日《きょう》あんたしか作《つく》る人《ひと》いないじゃん！　私《わたし》もおばさんもいなかったんだしさ！　それが役目《やくめ》でしょ！　途中《とちゅう》で帰《かえ》ってきた？　当然《とうぜん》なんだよそんなの！　バカじゃないの⁉」

攻《せ》めて、責《せ》めて、心《こころ》がカラカラに乾《かわ》いていく。

溜《た》まっていたもの、抑《おさ》えつけていたもの、全部《ぜんぶ》、弟《おとうと》にぶつけている私《わたし》。

お客《きゃく》に言《い》えないから。ただ一人《ひとり》、自分《じぶん》より「下《した》」の人間《にんげん》にぶつけている。

──私《わたし》も同《おな》じだ。あのお客《きゃく》といっしょ。立場《たちば》の弱《よわ》い人間《にんげん》に、不満《ふまん》を叩《たた》きつけている。

心《こころ》が涸《か》れていく。愛《あい》が涸《か》れている。

──その時《とき》。

「はー、おっきな声《こえ》だこと」

居間《いま》のドアが開《あ》いて、そんな言葉《ことば》が聞《き》こえてきた。

加奈《かな》おばさん。スーツ姿《すがた》で、おくれ毛《け》をヒラッと揺《ゆ》らして。

「日曜日《にちようび》だってのに姉弟《きょうだい》げんかとは、やー、元気《げんき》だねー」

あっけらかんとしたその態度《たいど》。

私《わたし》は毒気《どくけ》を抜《ぬ》かれて、急《きゅう》に恥《は》ずかしくなった。

自分《じぶん》の怒《いか》りが、とても理不尽《りふじん》なものだったから。

その場《ば》に居《い》たくなくて、咄嗟《とっさ》に駆《か》け出《だ》して、外《そと》へ出《で》た。

——何《なに》をやってるんだろう。

小学生《しょうがくせい》の弟《おとうと》に当《あ》たり散《ち》らして。たまたま起《お》きたミスをしつこく責《せ》めて、ののしって。

エレベーターに乗《の》って、一階《いっかい》へ向《む》かう。

部屋《へや》を出《で》てきたはいいものの、どこに行《い》こう。なんてことを考《かんが》えていたら——。

「——あ」

一階《いっかい》でエレベーターの扉《とびら》が開《ひら》くと、そこにはすでに加奈《かな》おばさんがいた。息《いき》を切《き》らして、ゼーハーゼーハー言《い》っている。非常階段《ひじょうかいだん》を駆《か》け下《お》りてきたらしい。

「おばさんも四十歳超《よんじっさいこ》えてるんだからさ……あんまり無茶《むちゃ》させないでよ」

そう言《い》って、おばさんは私《わたし》の手《て》を取《と》り、マンション横《よこ》の公園《こうえん》に連《つ》れてきた。二人《ふたり》並《なら》んで、ブランコに座《すわ》る。

「メープル味《あじ》とフルーツ味《あじ》、どっちがいい？」

おばさんはそう言《い》って、バッグからビスケットバーを取《と》り出《だ》した。栄養補助食品《えいようほじょしょくひん》とか言《い》って、テレビでよく宣伝《せんでん》している、棒状《ぼうじょう》のスコーンみたいなやつ。

「お腹《なか》減《へ》ってるからイライラすんのよ。人間《にんげん》、大体《だいたい》そう」

何《なに》も答《こた》えない私《わたし》に、おばさんは二《ふた》つの味《あじ》どちらも渡《わた》してきた。

黙《だま》ってメープルの方《ほう》を食《た》べる。おいしい。

「まあ、バイトしてたらイライラもするか」

自然《しぜん》な、おばさんの言葉《ことば》。でも私《わたし》はバイトのことなんて、今《いま》まで何《なに》も話《はな》していないのに。

「何《なん》で——」

「分《わ》かるわよ。あたしだってあのスーパーで買《か》い物《もの》することあるんだよ？」

「来《き》てたの？」

「乃々《のの》がまだ全然《ぜんぜん》余裕《よゆう》なくてテンパってた時《とき》にね。あー、周《まわ》り全然《ぜんぜん》見《み》えてないなって思《おも》った。——ね、おばさんのこと、見《み》えてなかったでしょ」

顔《かお》が一瞬《いっしゅん》で熱《あつ》くなる。恥《は》ずかしさを大量《たいりょう》に含《ふく》んだ血《ち》が、全身《ぜんしん》に走《はし》る。

——おばさんは、私《わたし》のバイトのこと、全部《ぜんぶ》知《し》っていた。

「あ、俊雄《としお》からは何《なに》も聞《き》いてないからね。本当《ほんとう》よ。余計《よけい》なこと何一《なにひと》つ言《い》ってこなかったし、すごいね、あの子《こ》」

そう言《い》って、俊雄《としお》へのフォローまで入《い》れているおばさん。それに比《くら》べて、自分勝手《じぶんかって》に俊《とし》雄《お》に当《あ》たり散《ち》らしていた私《わたし》。

「別《べつ》にバイトするなとか言《い》うつもりはないからね。ただ一言《ひとこと》『やるよ』くらいは言《い》ってほしかったかな。まあ、会社《かいしゃ》に二十日連続出社《はつかれんぞくしゅっしゃ》とかしてたあたしも悪《わる》いんだけどさ……」

おばさんは頬《ほお》をかいて、バツ悪《わる》そうにしている。

「お小遣《こづか》い要《い》る？　必要《ひつよう》なら全然渡《ぜんぜんわた》すけど？」

「違《ちが》うの、違《ちが》う」

観念《かんねん》した。何《なに》もごまかせない。私《わたし》は言葉《ことば》を続《つづ》けた。

「将来《しょうらい》のために、お金《かね》、貯《た》めときたい」

その一言《ひとこと》が出《で》てきたら、あとはもう、雪崩《なだれ》だった。胸《むね》の中《なか》の言葉《ことば》が崩《くず》れて、最初《さいしょ》の言葉《ことば》に引《ひ》きずられて、全部出《ぜんぶで》てきた。私《わたし》のこれからのこと。俊雄《としお》のこれからのこと。私《わたし》とおばさんは家族《かぞく》じゃなく、親戚《しんせき》という他人《たにん》でしかないということ。そして──。

「──おばさんだって、もしかしたら死《し》んじゃうかもしれない」

私《わたし》がその言葉《ことば》を発《はっ》すると、それまであいづちを打《う》っていたおばさんの声《こえ》が止《と》まった。私《わたし》の声《こえ》も止《と》まる。わずかに揺《ゆ》れるブランコの音《おと》だけ、キイキイ鳴《な》っている。

「──そりゃ、そう考《かんが》えるよねえ」

おばさんは頭《あたま》を掻《か》きながら言《い》った。そして、こう続《つづ》ける。

「あのさ、あたしと乃々《のの》は他人《たにん》だけど、あたしとお姉《ねえ》ちゃんは家族《かぞく》なんだよね」

おばさんのお姉《ねえ》ちゃん——つまり、私《わたし》のお母《かあ》さんのこと。

「で、あたしはお姉《ねえ》ちゃんから頼《たの》まれて、頼《たよ》られたの。乃々《のの》と俊雄《としお》のことよろしくって」

「……うん」

「他人《たにん》からの頼《たの》みごとじゃなくて、家族《かぞく》からの——それも、この世《よ》からの去《さ》り際《ぎわ》の、最後《さいご》の頼《たの》みごとよ？　そんなのあんた、あたしのプライドに懸《か》けて果《は》たすわよ」

おばさんは唇《くちびる》を噛《か》んでいた。その中《なか》にある感情《かんじょう》が何《なん》なのか、私《わたし》には分《わ》からない。

「それはそれとして、乃々《のの》の言《い》うことも一理《いちり》ある。お金《かね》はあるに越《こ》したことはないし、自分《じぶん》で稼《かせ》げるなら稼《かせ》げた方《ほう》が良《い》い。それは本当《ほんとう》。あんた、間違《まちが》ってない」

おばさんは「正《ただ》しい」とは言《い》わない。「間違《まちが》ってない」とだけ言《い》う。私《わたし》を「偉《えら》い」と持《も》ち上《あ》げることもない。「一理《いちり》」は「ある」とだけ認《みと》める。その距離感《きょりかん》に、私《わたし》はおばさんが嘘《うそ》をついてないのだろうと感《かん》じる。「他人《たにん》」の私《わたし》を、「他人《たにん》」として認《みと》めてくれている。

「乃々《のの》、バイトのシフトは？　何曜日《なんようび》？」

「……水曜《すいよう》と木曜《もくよう》の四時半《よじはん》から八時半《はちじはん》と、それから、土日《どにち》の十時《じゅうじ》から五時四十五分《ごじよんじゅうごふん》」

「あー、それは良《よ》くない」

「何《なに》が？」

「だってあんた、平日学校《へいじつがっこう》あって、土日《どにち》はバイトとか――一日《いちにち》フリーな日《ひ》、ないじゃん」

「ダメ？」

「あんたね、労働基準法《ろうどうきじゅんほう》だって、人生楽《じんせいたの》しむために週《しゅう》に一日《いちにち》は休日与《きゅうじつあた》えなさい、って言《い》ってんのよ。なのにあんた、自分《じぶん》で進《すす》んで法律違反《ほうりついはん》してる」

言《い》われてみればそのとおりかもしれない。でも、そもそもおばさんだって、最近全然《さいきんぜんぜん》、休《やす》みなんてなかったくせに。

「それだとろくにデートもできないわよ。女子高生《じょしこうせい》なら好《す》きな人《ひと》の四《し》、五人《ごにん》いるでしょ？」

「そんな何人《なんにん》もいない」

「一人《ひとり》はいるんだ」

「……うるさい」

数秒《すうびょう》の沈黙《ちんもく》。そして、おばさんがブランコから立《た》ち上《あ》がる。

「とりあえず、シフト一回見直《いっかいみなお》しなさい。たまに早《はや》く帰《かえ》ってきたら姉弟《きょうだい》がギスギスしてるのなんて、あたし嫌《いや》だからね」

「……うん」

「さっき、俊雄《としお》が何《なん》の本読《ほんよ》んでたか、見《み》た？」

「見《み》てないけど……」

「料理本《りょうりぼん》よ。そのうち新《あたら》しい料理《りょうり》作《つく》ろうとしてんでしょ、きっと」

言葉《ことば》が出《で》ない。私《わたし》は本当《ほんとう》に、嫌《いや》な人間《にんげん》だ。

「じゃ、謝《あやま》りに帰《かえ》るか」とおばさん。

「ん」

二本目《にほんめ》のビスケットバーをくわえて、私《わたし》もブランコを立《た》った。

5

翌日《よくじつ》、学校《がっこう》。数学《すうがく》の小《しょう》テスト。手応《てごた》えは、それなり。

「オシさん、小《しょう》テストできた？」

昼休《ひるやす》み、土岐《とき》くんがやってきた。いつもの笑顔《えがお》――よりかは、苦《にが》みが強《つよ》い。

「俺全然《おれぜんぜん》できなかったんだよ。解《と》き方教《かたおし》えてくれない？」

「え？　でも土岐《とき》くん、昨日勉強《きのうべんきょう》したんでしょ？」

あの先輩《せんぱい》と一緒《いっしょ》に。

「それがさ……カフェ行《い》って先輩《せんぱい》に教《おし》えてもらったんだけど、あの人《ひと》、できすぎて……」

「できすぎ？」

「できない人間《にんげん》のことを分《わ》かってないんだよ。こっちが『何《なん》でそうなるんですか』って聞《き》いたら、『何《なん》でそれが分《わ》かんないの？』って返《かえ》ってきて」

「へえ」

「しまいには、先輩《せんぱい》の方《ほう》が段々《だんだん》イライラしてきてさ。俺《おれ》、怖《こわ》いからすぐ帰《かえ》った」

「そう——だったんだ」

「俺《おれ》分《わ》かった。できちゃう人《ひと》よりも、それなりにできてない人《ひと》から教《おそ》わった方《ほう》が、気《き》ぃ楽《らく》だわ。だからオシさん、よろしく」

「や、待《ま》って、それ超失礼《ちょうしつれい》なんだけど」

「何《なに》が」

「面《めん》と向《む》かって『できてない』人《ひと》って言《い》うの、そりゃ失礼《しつれい》でしょ？」

「いや、『それなりに』できてない人《ひと》だから。それなりだから。セーフセーフ」

これだ。この、軽《かる》くて、軽《かる》くて、私《わたし》の抱《かか》えている重《おも》さなんて吹《ふ》き飛《と》ばしてしまう声《こえ》。

――それなりに、できてない人《ひと》。

そのとおり。自分《じぶん》で上手《うま》くやっているつもりで、全然《ぜんぜん》できてない。勉強《べんきょう》も、バイトも、家《いえ》のことも、それなりにできてたんだけど、同《おな》じくらい――それなりにできてなかった。

「土岐《とき》くん、日曜日《にちようび》」

「うん？」

「今度《こんど》の日曜日《にちようび》に、一緒《いっしょ》にしよ、数学《すうがく》の勉強《べんきょう》」

「あれ？　日曜《にちよう》って、バイトじゃなかったっけ？」

「シフト一《ひと》つ減《へ》らすの。日曜日《にちようび》、空《あ》けようと思《おも》って」

「マジ？　ちょうどいいな。日曜《にちよう》は部活《ぶかつ》ないし。オーケーオーケー」

日曜日《にちようび》の予定《よてい》。レジの算数《さんすう》の代《か》わりに、数学《すうがく》を入《い》れる。

高校生《こうこうせい》の数学《すうがく》。軽《かろ》やかな数学《すうがく》。算数《さんすう》なんて吹《ふ》き飛《と》ばす数学《すうがく》。土岐《とき》くんと一緒《いっしょ》の数学《すうがく》。

そして――。

その日《ひ》の放課後《ほうかご》、私《わたし》は『まごころ』の入口《いりぐち》の前《まえ》に立《た》っていた。私《わたし》の中《なか》では、もう、やることは決《き》まっている。

そうして扉《とびら》を開《あ》けると、中《なか》から言《い》い争《あらそ》いが聞《き》こえてきた。見《み》れば、あのお手伝《てつだ》いちゃんが、イコイさんに詰《つ》め寄《よ》っている。

「だから、この口座《こうざ》の――四月四日《しがつよっか》に31万《まん》5千縁《せんえん》を振《ふ》り込《こ》んでるのは誰《だれ》ですか、って聞《き》いてるんです」

「だからそれは教《おし》えられないの。何《なん》のために名前《なまえ》を隠《かく》してると思《おも》ってるの？　その口座《こうざ》の人《ひと》の名前《なまえ》も、振込先《ふりこみさき》の人《ひと》の名前《なまえ》も、個人情報《こじんじょうほう》だから教《おし》えられないの」

「この日《ひ》にこんな大《おお》きな額《がく》をやり取《と》りしてる人《ひと》なんて他《ほか》にいませんよ。振込先《ふりこみさき》はわたしですよね？　じゃあ振《ふ》り込《こ》んだのは誰《だれ》なんです？　イコイさんは私《わたし》に『プレゼント』って言《い》ってたけど、あれ嘘《うそ》ですよね？　誰《だれ》かがわたしに愛情《あいじょう》を振《ふ》り込《こ》んでたんですよね？」

イコイさんはそれに答《こた》えず、まだ入口《いりぐち》で立《た》っていた私《わたし》を見《み》た。そして、お手伝《てつだ》いちゃんに「ほら、早《はや》く戻《もど》りなさい」と言《い》い、シッシッと手《て》を払《はら》う。そうしてお手伝《てつだ》いちゃんが隅《すみ》のテーブルへ移《うつ》ったところで、イコイさんは、私《わたし》を席《せき》へ促《うなが》した。

そして――。

「全部引《ぜんぶひ》き出《だ》す？　愛情《あいじょう》を？」

私《わたし》の申《もう》し出《で》を受《う》けて、対面《といめん》に座《すわ》るイコイさんが、そう確認《かくにん》した。

「はい。やっぱり、全部《ぜんぶ》心《こころ》の中《なか》に入《い》れておこうと思《おも》って」

この数日《すうじつ》で、自分《じぶん》の心《こころ》がどれだけ変化《へんか》していたのかは、正直《しょうじき》、把握《はあく》できていない。ドキドキが減《へ》って、涙《なみだ》も出《で》なくて——と言《い》うことはできる。でも実際《じっさい》、愛情《あいじょう》を預《あず》けていなかったとして、ドキドキしたのだろうか。涙《なみだ》が出《で》たのだろうか。それは結局《けっきょく》、分《わ》からないことだ。

——じゃあどうして、預《あず》けた愛情《あいじょう》をわざわざ引《ひ》き出《だ》そうとしているんだろう。

一《ひと》つの理由《りゆう》として、自分《じぶん》の心《こころ》をあえて鈍《にぶ》くしようとすることに、意味《いみ》を感《かん》じなくなった、ということは言《い》えると思《おも》う。

世《よ》の中《なか》、理不尽《りふじん》なことだらけだ。やみくもな敵意《てきい》に傷《きず》つけられることもある。でも、少《すく》なくとも私《わたし》の周《まわ》りには、気持《きも》ちと言葉《ことば》で私《わたし》を救《すく》ってくれる人《ひと》がいる。

それなら私《わたし》は、今《いま》持《も》てる全《すべ》ての愛情《あいじょう》で、その人《ひと》たちの想《おも》いを感《かん》じたい。それが、心《こころ》を持《も》った私《わたし》の礼儀《れいぎ》だし、プライドでもあると思《おも》う。

たかが「他人《たにん》」の私《わたし》に言葉《ことば》と想《おも》いを分《わ》けてくれるなら、それに応《こた》えたい。おばさんがプライドを懸《か》けて頼《たの》みごとを果《は》たすのなら、私《わたし》もプライドを懸《か》けて応《こた》えよう。向《む》き合《あ》おう。

あとは、やっぱり——。

「まあ年頃《としごろ》の娘《むすめ》さんには、あった方《ほう》が楽《たの》しいと思《おも》うわ、愛情《あいじょう》」

イコイさんはそう言《い》って、含《ふく》み笑《わら》いを見《み》せた。

土岐《とき》くんの顔《かお》が頭《あたま》に浮《う》かんだけど、私《わたし》は慌《あわ》てて顔《かお》を横《よこ》に振《ふ》る。するとその時《とき》、この前見《まえみ》た、棚《たな》の上《うえ》のショーケースが目《め》に入《はい》った。

「気《き》になるなら、自由《じゆう》に見《み》ていいわよ」

イコイさんが手《て》を棚《たな》の方《ほう》に向《む》ける。それに甘《あま》えて席《せき》を立《た》ち、私《わたし》はショーケースを見《み》た。

いくつかの小物《こもの》が並《なら》べられている、横三十《よこさんじっ》センチ、奥行《おくゆ》き十《じっ》センチ程度《ていど》のケース。

「落《お》とし物《もの》よ。ここに来《き》た人《ひと》たちの」

イコイさんが、座《すわ》ったまま解説《かいせつ》してくれた。どうりで統一感《とういつかん》がないものばかりだ。手袋《てぶくろ》があるかと思《おも》えば、イヤリングなんかもある。

そして、私《わたし》が気《き》になっていたのが、隅《すみ》に置《お》かれていたキーホルダー。昔読《むかしよ》んでいた少女《しょうじょ》マンガの猫《ねこ》のキャラクターが付《つ》いているものだ。リングがゆがんで壊《こわ》れかけている。何《なん》だか懐《なつ》かしくて、思《おも》わず目《め》がいってしまった。

その時《とき》、視線《しせん》に気付《きづ》く。隣《となり》のテーブルに座《すわ》っていたお手伝《てつだ》いの女《おんな》の子《こ》が、こちらをジッと見《み》ていた。でも、目《め》が合《あ》った瞬間《しゅんかん》、慌《あわ》てて顔《かお》を逸《そ》らされてしまう。何《なん》だろう？

「それじゃ、そろそろ始《はじ》めましょうか。愛情《あいじょう》、お返《かえ》しするわ」

イコイさんに急《せ》かされ、私《わたし》は席《せき》に戻《もど》る。
次《つぎ》の日曜日《にちようび》の数学《すうがく》に、期待《きたい》を寄《よ》せて。

人《ひと》にどうやって頼《たよ》ったらいいか
わからないいんです。
【顧《こ》客《きゃく》No.582】
忍 俊雄
Toshio Oshi

1

変《へん》なことになった。

「せっかく、料理本《りょうりぼん》まで読《よ》んでくれてたのに、ごめんね」

僕《ぼく》がご飯《はん》を炊《た》き忘《わす》れた日曜日《にちようび》。乃々姉《ののねえ》さんは、加奈《かな》おばさんと一緒《いっしょ》に部屋《へや》に戻《もど》ってくると、そんな風《ふう》に謝《あやま》ってきた。

ここだけの話《はなし》、料理本《りょうりぼん》を読《よ》んでいたのは、何《なに》もみんなのためを思《おも》ってという訳《わけ》じゃない。ただ単《たん》に僕《ぼく》が色《いろ》んなものを食《た》べたかった、というだけだ。そのために、学校《がっこう》の図書室《としょしつ》からあの本《ほん》を借《か》りていた。自由《じゆう》に作《つく》って自由《じゆう》に食《た》べたい。それだけ。

ただそれだけなのに、姉《ねえ》さんやおばさんは何《なに》やら深読《ふかよ》みをしたらしく、僕《ぼく》が思《おも》いやりにあふれた人間《にんげん》だ、ということになってしまっている。

「俊雄《としお》は優《やさ》しいからね」などと言《い》われたけど、正直《しょうじき》、二人《ふたり》とも何言《なにい》ってんだろう。

——そして。

その翌週《よくしゅう》の日曜日《にちようび》、姉《ねえ》さんはバイトに行《い》かず、高校《こうこう》の同級生《どうきゅうせい》を連《つ》れてきた。

「こんちは、土岐明人《ときあきと》です」

話《はな》し方《かた》が軽《かる》いその男《おとこ》は、そう名乗《なの》った。そして、居間《いま》のテーブルで二人《ふたり》、肩《かた》を並《なら》べてノートを広《ひろ》げて、X《エックス》がこうだのY《ワイ》がどうだの喋《しゃべ》っている。

土岐《とき》さんは、常《つね》に死《し》ぬほど下《くだ》らないことを言《い》っていて、その度《たび》に姉《ねえ》さんが笑《わら》う。僕《ぼく》やおばさんといる時《とき》とは、微妙《びみょう》に違《ちが》う声色《こわいろ》。僕《ぼく》の知《し》らない姉《ねえ》さん。お客《きゃく》が二人《ふたり》になったような気《き》がして、何《なん》だか変《へん》な気分《きぶん》だった。

途中《とちゅう》、テーブルの上《うえ》の消《け》しゴムを二人同時《ふたりどうじ》に取《と》ろうとして、手《て》が重《かさ》なり合《あ》って、二人《ふたり》ともすごい勢《いきお》いで手《て》を引《ひ》っ込《こ》めていた。

思《おも》い出《だ》したのは、以前《いぜん》、三波《みなみ》さんが消《け》しゴムを落《お》とした時《とき》のこと。あの時《とき》、三波《みなみ》さんは声《こえ》を出《だ》して手《て》を引《ひ》いていた。三波《みなみ》さんにとてつもない静電気《せいでんき》が走《はし》っていた。すごく電気《でんき》を溜《た》め込《こ》みやすい人《ひと》なのか？　大変《たいへん》な体質《たいしつ》だ。

でも、どうやら今回《こんかい》は違《ちが》う。土岐《とき》さんも姉《ねえ》さんも、別《べつ》に痛《いた》がっている素振《そぶ》りは見《み》せていない。電流《でんりゅう》は流《なが》れていない。その代《か》わり、蜂蜜《はちみつ》のようにとろけた空気《くうき》が流《なが》れた。

姉《ねえ》さんからは、別《べつ》に家《いえ》にいていいと事前《じぜん》に言《い》われていたけれど、なぜか、いてはいけないような気《き》がしてきた。

出掛《でか》けてくる、とだけ言《い》い残《のこ》し、僕《ぼく》は家《いえ》を出《で》た。マンションの外《そと》は、とろみのない、さらりとした空気《くうき》。居心地《いごこち》と落《お》ち着《つ》きを取《と》り戻《もど》す。

さて、出《で》てきたは良《い》いものの、特《とく》にすることがない。午後二時《ごごにじ》の日曜日《にちようび》。用事《ようじ》がある人間《にんげん》にとっては良《い》い時間《じかん》だろうけど、暇《ひま》な人間《にんげん》にとっては悲《かな》しみすら覚《おぼ》える時間《じかん》だ。

――そうだ。

一《ひと》つ、案《あん》を思《おも》いつく。僕《ぼく》は歩《ある》いて十五分《じゅうごふん》の場所《ばしょ》にある市立図書館《しりつとしょかん》に向《む》かった。

学校《がっこう》の図書室《としょしつ》は何度《なんど》か行《い》ったけれど、この街《まち》の市立図書館《しりつとしょかん》は初《はじ》めて来《き》た。図書館《としょかん》に入《はい》って、僕《ぼく》は三省堂《さんせいどう》の「新明解国語辞典《しんめいかいこくごじてん》　第七版《だいななはん》」を手《て》に取《と》り、机《つくえ》の上《うえ》でページをめくる。

『【愛《あい》】個人《こじん》の立場《たちば》や利害《りがい》にとらわれず、広《ひろ》く身《み》のまわりのものすべての存在価値《そんざいかち》を認《みと》め、最大限《さいだいげん》に尊重《そんちょう》していきたいと願《ねが》う、人間《にんげん》に本来備《ほんらいそな》わっているととらえられる心情《しんじょう》。』

「愛《あい》」の項目《こうもく》を引《ひ》いたら、そう書《か》いてあった。人間本来《にんげんほんらい》の心情《しんじょう》、らしい。

今度《こんど》は別《べつ》の辞書《じしょ》「岩波国語辞典《いわなみこくごじてん》　第7版《だいはん》」で「愛《あい》」を調《しら》べてみる。

『【愛《あい》】そのものの価値《かち》を認《みと》め、強《つよ》く引《ひ》きつけられる気持《きもち》。㋐かわいがり、いつくしむ心《こころ》。㋑大事《だいじ》なものとして慕《した》う心《こころ》。㋒その価値《かち》を認《みと》め、大事《だいじ》に思《おも》う心《こころ》。』

何《なん》だか複雑《ふくざつ》になってきた。さっきの辞書《じしょ》とは少《すこ》しニュアンスが違《ちが》う。同《おな》じ愛《あい》という言葉《ことば》でも、辞書《じしょ》が二《ふた》つあれば、二通《ふたとお》りの別々《べつべつ》な意味《いみ》があるらしい。とすれば、百人《ひゃくにん》いれば百通《ひゃくとお》りで愛《あい》の意味《いみ》が違《ちが》ってくる、ということだ。それなら、辞書《じしょ》を見《み》ても仕方《しかた》がない。愛《あい》が何《なに》かを理解《りかい》するには、僕《ぼく》の中《なか》で、愛《あい》が何《なん》なのかを見《み》つけなければいけない。もっと考《かんが》えるヒントが必要《ひつよう》だ。

このままじゃ、らちがあかないので、カウンターで聞《き》いてみた。

「愛《あい》について分《わ》かる本《ほん》、ありませんか」

対応《たいおう》してくれたのは、加奈《かな》おばさんくらいの年《とし》の女《おんな》の人《ひと》だ。その人《ひと》は一瞬《いっしゅん》、ギョッとしたような表情《ひょうじょう》を見《み》せて、何度《なんど》も瞬《まばた》きをしていた。そして、こちらに尋《たず》ね返《かえ》してくる。

「アイっていうのは、歌手《かしゅ》とか芸能人《げいのうじん》とかじゃなくって――？」

「心《こころ》の、愛《あい》です」

「胸《むね》の中《なか》の？」

聞《き》かれて、少《すこ》し困《こま》った。愛《あい》は胸《むね》の中《なか》にある？　どちらかと言《い》えば、頭《あたま》の脳《のう》の中《なか》にあるような気《き》がする。でも心《こころ》が胸《むね》の中《なか》にある、という言《い》い方《かた》も分《わ》からなくはない。

「多分《たぶん》、そんなところです」

あいまいに答《こた》えておいた。とりあえず僕《ぼく》が何《なに》を探《さが》しているのか伝《つた》わればそれでいい。

「えっと……恋愛小説《れんあいしょうせつ》を読《よ》みたいとか？　学校《がっこう》の課題《かだい》？」

「特《とく》に学校《がっこう》は関係《かんけい》ないです。恋愛小説《れんあいしょうせつ》を読《よ》めば、愛《あい》って何《なに》か分《わ》かりますか？」

僕《ぼく》が言《い》うと、職員《しょくいん》さんは「う」と変《へん》な声《こえ》を出《だ》した。「どうかしら……」と呟《つぶや》いている。

「愛《あい》について説明《せつめい》している本《ほん》が欲《ほ》しいの？　それって、その……性教育《せいきょういく》とかのもの？」

「性教育《せいきょういく》の本《ほん》なら、愛《あい》が分《わ》かりますか？」

職員《しょくいん》さんは咳《せ》き込《こ》んだ。そして、十秒《じゅうびょう》ほど頭《あたま》を抱《かか》えている。風邪《かぜ》だろうか。病気《びょうき》なのに仕事《しごと》に来《き》て、大人《おとな》はとても大変《たいへん》だ。

「ごめんなさい、ちょっと私《わたし》、勘違《かんちが》いしてたかもしれないわ。何《なん》かこう、もっと、宗教的《しゅうきょうてき》な方面《ほうめん》かしら、それとも、心理学的《しんりがくてき》な方面《ほうめん》かしら」

職員《しょくいん》さんは、独《ひと》り言《ごと》のように呟《つぶや》いている。いや、僕《ぼく》に尋《たず》ねているのか？　どちらにしろ、あいまいな態度《たいど》だった。

「じゃ、心理学的《しんりがくてき》なところで」

僕《ぼく》は答《こた》えた。多分《たぶん》、愛《あい》は心《こころ》だ。そして「心理学《しんりがく》」なら「心《こころ》」という漢字《かんじ》が入《はい》っている。それに、僕《ぼく》は将来《しょうらい》、心療内科医《しんりょうないかい》——つまり心《こころ》の医者《いしゃ》になりたいから心理学《しんりがく》はちょうどいい。

そう言《い》えばこの前《まえ》、姉《ねえ》さんは僕《ぼく》が医者《いしゃ》になりたいと言《い》ったら変《へん》な顔《かお》をしていたけれど、あれは多分勘違《たぶんかんちが》いをしている。僕《ぼく》が治《なお》したいのは癌《がん》ではなくて心《こころ》だ。死《し》んでしまった母《かあ》さんよりも、今生《いまい》きている——まあいいか。

その後《ご》、僕《ぼく》は心理学関係《しんりがくかんけい》の本《ほん》が置《お》いてある棚《たな》まで案内《あんない》されて、「愛《あい》」に関係《かんけい》ありそうな本《ほん》をいくつか紹介《しょうかい》してもらった。

「あなた、何年生《なんねんせい》？」

「小学六年生《しょうがくろくねんせい》です」

「じゃあ、ちょっと読《よ》みにくいかもしれないけど……ごめんなさいね。児童書《じどうしょ》のコーナーには、あなたが欲《ほ》しそうな本《ほん》、なさそうなのよ」

そう言《い》って、職員《しょくいん》さんは去《さ》った。

あの人《ひと》が今《いま》、僕《ぼく》に親切《しんせつ》にしてくれたのは、愛《あい》だろうか、それとも仕事《しごと》だろうか。いっそ聞《き》いてみれば良《よ》かった。そう思《おも》いつつ、僕《ぼく》は棚《たな》をあさる。

その後《ご》、棚《たな》から持《も》ってきたいくつかの本《ほん》をテーブルに広《ひろ》げて読《よ》んだけど——難《むずか》しい。漢《かん》字《じ》と専門用語《せんもんようご》ばかりで、字《じ》が小《ちい》さく詰《つ》まっている。最初《さいしょ》の五《ご》ページだけ見《み》て、何冊《なんさつ》も断念《だんねん》して、四冊目《よんさつめ》——ようやく何《なん》とか読《よ》めそうな本《ほん》。ザーッとページをめくって、読《よ》めそうなところだけを拾《ひろ》っていく。

そこで、ハーローという人《ひと》の実験《じっけん》が目《め》を引《ひ》いた。サルの赤《あか》ちゃんを使《つか》った実験《じっけん》だ。針金《はりがね》で作《つく》った母《はは》ザルの人形《にんぎょう》と、布《ぬの》を巻《ま》いて作《つく》った母《はは》ザルの人形《にんぎょう》を用意《ようい》する。針金人形《はりがねにんぎょう》の方《ほう》はミルクの入《はい》った哺乳瓶《ほにゅうびん》がお乳《ちち》代《が》わりに付《つ》いていて、布人形《ぬのにんぎょう》の方《ほう》は何《なに》もない。そこで赤《あか》ちゃんザルは、どんな行動《こうどう》を取《と》るか、というもの。

すると、赤《あか》ちゃんザルは、常《つね》に布人形《ぬのにんぎょう》にしがみついていたという。お腹《なか》が空《す》いた時《とき》だけ、針金人形《はりがねにんぎょう》の方《ほう》にミルクを飲《の》みに行《い》くが、またすぐに布人形《ぬのにんぎょう》の方《ほう》に戻《もど》って、しがみつく。

つまり赤《あか》ちゃんザルには、少《すこ》しでも長《なが》く温《ぬく》もりに触《ふ》れていたい、という心《こころ》があるということだ。安心《あんしん》を得《え》るために、少《すこ》しでも温《あたた》かみのあるものに触《さわ》っていたいということ。

でも、それが愛《あい》かと言《い》われたら、やっぱりよく分《わ》からない。愛《あい》が欲《ほ》しい人《ひと》は、できるだけ人《ひと》に触《ふ》れていたい？　温《ぬく》もりを感《かん》じていたい？　そういうことになるのだろうか。

この話《はなし》を見《み》て、姉《ねえ》さんと土岐《とき》さんのことを思《おも》い出《だ》した。

触《さわ》って、驚《おどろ》いて、手《て》を離《はな》す。

愛《あい》があるのか、それとも愛《あい》を欲《ほ》しがっているのか、もしくは愛《あい》がないのか——。触《さわ》っていたいなら、触《さわ》っていればいい。触《さわ》りたくないのなら、そもそも隣《となり》に座《すわ》らなければいい。

愛《あい》とは何《なん》ぞや。

そもそも、僕《ぼく》はどうしてこんなに、愛《あい》について調《しら》べているのか。

——全《すべ》ては、一ヶ月前《いっかげつまえ》の春休《はるやす》みのことだ。

2

母《かあ》さんが死《し》んですぐ、僕《ぼく》と姉《ねえ》さんは加奈《かな》おばさんのマンションに引《ひ》っ越《こ》した。

それが春休《はるやす》み終盤《しゅうばん》。新《あたら》しい小学校《しょうがっこう》での始業式数日前《しぎょうしきすうじつまえ》のこと。

以前《いぜん》の市営住宅《しえいじゅうたく》からマンションまでは大体《だいたい》、車《くるま》で一時間《いちじかん》ほど。僕《ぼく》と姉《ねえ》さんは、おばさんの運転《うんてん》する車《くるま》でマンションに向《む》かっていた。

途中《とちゅう》、やや狭《せま》い路地《ろじ》に入《はい》り——。

「やあねえ、前《まえ》の車《くるま》、スピード出《だ》しすぎじゃない？」

ハンドルを握《にぎ》るおばさんが言《い》って間《ま》もなく、急《きゅう》ブレーキの音《おと》が響《ひび》いた。うちの車《くるま》じゃなく、前《まえ》の車《くるま》からだ。住宅《じゅうたく》の前《まえ》で止《と》まり、運転手《うんてんしゅ》が慌《あわ》てた様子《ようす》で外《そと》へ飛《と》び出《だ》している。

「わー危《あぶ》ない。だから言《い》わんこっちゃない」

おばさんは車《くるま》の速度《そくど》を落《お》とし、ゆるゆると、止《と》まった車《くるま》の横《よこ》を抜《ぬ》けていく。

車内《しゃない》で、僕《ぼく》と姉《ねえ》さんは何《なに》も喋《しゃべ》らなかった。

仮《かり》に交通事故《こうつうじこ》だとして、ケガした人《ひと》がいたとして——でも世《よ》の中《なか》には、そういう突然《とつぜん》の理不尽《りふじん》があるのだということを知《し》っていた。人《ひと》はいきなり死《し》ぬこともある。

うちの車《くるま》が通《とお》り過《す》ぎようとした時《とき》、僕《ぼく》は後部座席《こうぶざせき》から窓《まど》の外《そと》を見《み》た。

住宅《じゅうたく》の塀《へい》代《が》わりになっている植木《うえき》の群《む》れ。そして、そこにもたれかかっている女《おんな》の子《こ》。

——駒野《こまの》さん。

三年前《さんねんまえ》の自然学校《しぜんがっこう》で会《あ》った同《おな》い年《どし》の子《こ》だ。面影《おもかげ》があった。見間違《みまちが》えようがない。ひと目《め》で分《わ》かった。僕《ぼく》と一緒《いっしょ》に猫《ねこ》を抱《だ》いた人《ひと》。僕《ぼく》をかばってくれた人《ひと》。

今《いま》すぐ車《くるま》から飛《と》び出《だ》したかったけど、そんな訳《わけ》にもいかない。そのままマンションに着《つ》き、引《ひ》っ越《こ》し業者《ぎょうしゃ》から荷物《にもつ》を受《う》け取《と》り、段《だん》ボールを開《あ》けて、物《もの》を整理《せいり》していく。

その間《あいだ》も、ずっと駒野《こまの》さんのことを考《かんが》えていた。

多分《たぶん》、事故《じこ》にあった。じゃあケガは？　まさか死《し》んではいないだろうか、などと――。

「あんたたち、適当《てきとう》に休憩《きゅうけい》しながらやりなさいね」

一時間《いちじかん》ほど作業《さぎょう》して、おばさんは言《い》った。

その声《こえ》を聞《き》いて、僕《ぼく》はすぐに駆《か》け出《だ》した。横《よこ》で作業《さぎょう》していた姉《ねえ》さんが「え、ちょっと」と言《い》っていたが、気《き》にも留《と》めない。「休憩《きゅうけい》！」とだけ言《い》い残《のこ》し、僕《ぼく》は家《いえ》を出《で》た。

何《なん》となく道《みち》は覚《おぼ》えていたのだけれど――事故現場《じこげんば》に着《つ》く前《まえ》に、僕《ぼく》は別《べつ》の場所《ばしょ》にいた。

それが、『愛情融資店《あいじょうゆうしてん》まごころ』。

走《はし》っていたら現《あらわ》れた、蔦《つた》に覆《おお》われた二階建《にかいだ》ての店《みせ》。入《はい》ると、店内《てんない》は薄暗《うすぐら》く、ランプの灯《あか》りが揺《ゆ》れていた。中央《ちゅうおう》のテーブル席《せき》に一人《ひとり》、髪《かみ》の長《なが》い女性《じょせい》が座《すわ》っている。

「ここは愛情《あいじょう》を融通《ゆうずう》するお店《みせ》」

立《た》ちつくす僕《ぼく》を見《み》て、彼女《かのじょ》は言《い》った。「座《すわ》りなさい」と促《うなが》され、僕《ぼく》も席《せき》に着《つ》く。

「あなたは必要《ひつよう》だからここに来《き》た。必要《ひつよう》がなければ、このお店《みせ》には来《こ》られないのだから」

彼女《かのじょ》の言《い》っていることはまるで理解《りかい》できなかった。けれど、不思議《ふしぎ》なことに、自分《じぶん》が何《なに》をしたいのかだけは、僕《ぼく》の中《なか》で明確《めいかく》に言葉《ことば》になっていた。

「駒野《こまの》さんが、気《き》になって」

「それは、あなたの大切《たいせつ》な人《ひと》？」

大切《たいせつ》――？　三年前《さんねんまえ》に一度《いちど》、数日間《すうじつかん》いっしょにいただけ。大切《たいせつ》と言《い》えるだろうか。

「分《わ》からないけど――でも、助《たす》けたいんです」

「……その子《こ》は無事《ぶじ》よ。少《すく》なくとも体《からだ》は」

「え？」

「事故《じこ》に巻《ま》き込《こ》まれそうになったけれど、車《くるま》との接触《せっしょく》はなかった。木《き》がクッションになって、ケガもしてない」

「本当《ほんとう》ですか？」

僕《ぼく》はそう尋《たず》ねたけれど、そもそも、どうしてこの人《ひと》が駒野《こまの》さんのことを知《し》っている？

「その代《か》わり、愛情《あいじょう》を失《うしな》ってる」

女性《じょせい》はまた、意味《いみ》の分《わ》からないことを言《い》い出《だ》した。

「愛情《あいじょう》？」

「愛情《あいじょう》は何《なに》かを護《まも》るために使《つか》われるものでもあるから。その対象《たいしょう》が他人《たにん》でも自分《じぶん》でも」

「はあ……？」

「他者《たしゃ》を護《まも》りながら、自分《じぶん》が生死《せいし》の際《きわ》に立《た》たされた時《とき》――、人《ひと》は他者《たしゃ》の命《いのち》も自分《じぶん》の命《いのち》も護《まも》ろうとする。同時《どうじ》に、死《し》の恐怖《きょうふ》を感《かん》じる心《こころ》も護《まも》ろうとする。そうして、愛《あい》が一瞬《いっしゅん》のうちにひどく消耗《しょうもう》してしまう」

「……つまり、どういうことです？」

「あの子《こ》から愛《あい》が失《うしな》われてしまっているの。全《すべ》ての愛情《あいじょう》が」

「愛情《あいじょう》がなくなると、どうなるんです？」

「愛《あい》がない人間《にんげん》──世間《せけん》でそう言《い》われるような人《ひと》、いるでしょう？　そうなるのよ」

信《しん》じられない話《はなし》だった。愛情《あいじょう》が失《うしな》われる？

けれど、信《しん》じられないというのも今《いま》さらだった。僕《ぼく》がこの店《みせ》に来《き》たのは明《あき》らかに不思議《ふしぎ》な力《ちから》だし、この人《ひと》が駒野《こまの》さんの事故《じこ》を知《し》っているのも、不思議《ふしぎ》に満《み》ちている。

そして、顔色一《かおいろひと》つ変《か》えずに語《かた》るこの人《ひと》の言葉《ことば》は、何故《なぜ》だか、真実味《しんじつみ》しかなかった。

「あの……融資店《ゆうしてん》ってことは、銀行《ぎんこう》みたいなものですよね？」

「そうだけど？」

「愛情融資店《あいじょうゆうしてん》。つまり、愛情《あいじょう》を預《あず》けたり、借《か》りたり──誰《だれ》かに送《おく》ったりすることも？」

「理解《りかい》が速《はや》いわ」

彼女《かのじょ》はそう言《い》って笑《わら》った。

途中《とちゅう》、まさかお金《かね》が必要《ひつよう》になるのかと思《おも》い、大《たい》して中身《なかみ》の入《はい》っていない小銭入《こぜにい》れを取《と》り出《だ》したけど、取《と》り越《こ》し苦労《くろう》だった。手数料《てすうりょう》も愛情《あいじょう》で支払《しはら》うらしい。

そうして僕《ぼく》は、自分《じぶん》の心《こころ》の63万縁《まんえん》の全《すべ》て――31万《まん》5千縁《せんえん》を駒野《こまの》さんに送《おく》り、31万《まん》5千縁《せんえん》を手数料《てすうりょう》として店《みせ》に納《おさ》める、という選択《せんたく》をした。僕《ぼく》から送《おく》ったことが分《わ》からないよう、名《な》前《まえ》は伏《ふ》せてもらって。

「まだあの子《こ》の口座《こうざ》ができてないから、振《ふ》り込《こ》み自体《じたい》は明日《あした》――四月四日《しがつよっか》。あの子《こ》の口座《こうざ》を作《つく》ってからになるわ」

イコイさんはそう言《い》ってから、少《すこ》し間《ま》を置《お》いて、続《つづ》けた。

「いいの？」

「何《なに》がです？」

「あなたの愛情《あいじょう》、空《から》っぽでしょう？」

「僕《ぼく》が持《も》っているより、彼女《かのじょ》が持《も》っていた方《ほう》が良《い》いです」

駒野《こまの》さんは優《やさ》しかった。

僕《ぼく》とは違《ちが》った。

僕《ぼく》は、人《ひと》と話《はな》すことに慣《な》れていない。伝《つた》わらないことがあるなら、伝《つた》わらなくて良《い》いと思《おも》っていた。他人《たにん》や自分《じぶん》が誤解《ごかい》されていたとしても、その誤解《ごかい》を解《と》きにいこうとは思《おも》えない。言葉《ことば》を交《か》わして、傷付《きずつ》くことの方《ほう》が多《おお》い。傷付《きずつ》くのは怖《こわ》い。

他人《たにん》から陰口《かげぐち》を叩《たた》かれているだけならまだ良《い》い。そこに立《た》ち向《む》かっていくことが怖《こわ》い。

——三年前《さんねんまえ》のあの朝《あさ》、駒野《こまの》さんは僕《ぼく》をかばった。女子《じょし》の陰口《かげぐち》なんて、放《ほう》っておけばいいのに。あんなことをしたところで、面倒《めんどう》くささしか残《のこ》らないのに。

胸《むね》が熱《あつ》くなったのを覚《おぼ》えている。

駒野《こまの》さんは、僕《ぼく》と違《ちが》って心《こころ》を言葉《ことば》にできる。それを相手《あいて》に伝《つた》えることもできるし、それを使《つか》って立《た》ち向《む》かうこともできる。そうして他人《たにん》に優《やさ》しさを分《わ》け与《あた》えることができる。

僕《ぼく》も分《わ》けてもらった。あの日《ひ》、駒野《こまの》さんが僕《ぼく》をかばってくれた後《あと》で、僕《ぼく》が自分《じぶん》の姿《すがた》を晒《さら》すことができたのも、駒野《こまの》さんから分《わ》け与《あた》えられた心《こころ》のおかげだった。

僕《ぼく》が愛情《あいじょう》を持《も》っていたところで、それを使《つか》いこなすことはできない。持《も》っているべきは、駒野《こまの》さんであって、僕《ぼく》じゃない。

「——だから、駒野《こまの》さんに送《おく》ってください」

未練《みれん》よりも喜《よろこ》びの方《ほう》が強《つよ》かった。どうせ僕《ぼく》だって、いつ死《し》ぬかは分《わ》からない。だから今《いま》生《い》きているうちに彼女《かのじょ》の役《やく》に立《た》てることが、嬉《うれ》しかったんだと思《おも》う。

3

——と、そんなところだ。

そうして僕《ぼく》の心《こころ》からは、愛情《あいじょう》が失《うしな》われた——らしい。

らしい、というのは、あまり実感《じっかん》が湧《わ》かないからだ。でも、変化《へんか》はあったのだと思《おも》う。胸《むね》が軽《かる》くなったのは覚《おぼ》えている。母《かあ》さんの写真《しゃしん》を見《み》ても、涙《なみだ》が込《こ》み上《あ》げてくることはなくなった。以前《いぜん》、母《かあ》さんが死《し》んで自分《じぶん》が泣《な》いていたことは覚《おぼ》えているが、どれだけ悲《かな》しかったかが、今《いま》はもう、よく分《わ》からなくなった。

そうして僕《ぼく》は、今日《きょう》、図書館《としょかん》にまで来《き》て「愛《あい》」を調《しら》べている。

愛《あい》とは何《なに》か。僕《ぼく》が失《うしな》ったものは何《なん》なのか。愛情《あいじょう》を失《うしな》うとどうなるのか。僕《ぼく》はこれからどういう人間《にんげん》になるのか。または、どういう人間《にんげん》に「なれなくなる」のか。

でも、ちょっと図書館《としょかん》で本《ほん》を読《よ》んだところで、そんなことは分《わ》からなかった。僕《ぼく》は心理学《しんりがく》の本《ほん》を棚《たな》に戻《もど》して、図書館《としょかん》を出《で》た。

家《いえ》を出《で》てきて、二時間《にじかん》しか経《た》っていない。多分《たぶん》まだ土岐《とき》さんはいるだろう。どこで時間《じかん》を潰《つぶ》そうか。そんなことを考《かんが》えながら道《みち》を歩《ある》いていたら、駒野《こまの》さんと会《あ》った。手《て》には、ペットを運《はこ》ぶためのキャリーケースを持《も》っている。

「あ、オシくん」

駒野《こまの》さんは笑顔《えがお》で僕《ぼく》に話《はな》し掛《か》けてくれた。そう言《い》えば、学校《がっこう》で会《あ》った時《とき》に先《さき》に挨拶《あいさつ》をするのも、いつも彼女《かのじょ》の方《ほう》だ。転校初日《てんこうしょにち》も、駒野《こまの》さんから話《はな》しかけてきたっけ。

「それは——猫《ねこ》？」と、キャリーケースを見《み》て僕《ぼく》は尋《たず》ねる。

「そう、アイっていうの。ほら、自然学校《しぜんがっこう》の時《とき》の子猫《こねこ》。定期健診《ていきけんしん》で、今《いま》、動物病院《どうぶつびょういん》から帰《かえ》る途中《とちゅう》なの」

大《おお》きくなったんだよ——と、彼女《かのじょ》はケースのフタを開《あ》けて猫《ねこ》を見《み》せてくれた。面影《おもかげ》のある、茶《ちゃ》トラの猫《ねこ》。僕《ぼく》の顔《かお》をジッと見《み》つめている。

あの頃《ころ》、うちはペットなんて飼《か》えない市営住宅《しえいじゅうたく》だった。きっと独《ひと》りで生《い》きていけなかっただろう子猫《こねこ》を、こうして駒野《こまの》さんが飼《か》ってくれたのは、この猫《ねこ》にとっては幸《しあわ》せだろう。

「何《なん》か変《へん》な感《かん》じ」と駒野《こまの》さん。

「何《なに》が？」

「学校《がっこう》では、あまりオシくんと話《はな》せてないし。休《やす》みにこんなところで話《はな》してるの、不思議《ふしぎ》」

そう言《い》われれば、確《たし》かに学校《がっこう》では駒野《こまの》さんと話《はな》すことが少《すく》ない。一週間前《いっしゅうかんまえ》のゴミ拾《ひろ》いの時《とき》に、少《すこ》し話《はな》したくらいだろうか。世話焼《せわや》きの三波《みなみ》さんが、何《なに》かと僕《ぼく》や駒野《こまの》さんに話《はなし》を振《ふ》ってくれていた。少《すこ》しうざったかったほどに。

「ちょっと撫《な》でる？」

駒野《こまの》さんは、フタの開《あ》いたケースを僕《ぼく》へと近付《ちかづ》けた。僕《ぼく》の顔《かお》を見《み》ていた猫《ねこ》と目《め》が合《あ》う。すると、猫《ねこ》は歯《は》を見《み》せて「ハーッ」と威嚇《いかく》の声《こえ》を出《だ》した。警戒《けいかい》されている。

「あ、こら、アイったらもう」

駒野《こまの》さんは困《こま》ったように言《い》い、僕《ぼく》に「ごめんね」と謝《あやま》った。フタが閉《し》められる。

「人懐《ひとなつ》っこい子《こ》なのに……忘《わす》れちゃったのかな？　あ、でも、外《そと》だから緊張《きんちょう》してるのかも。うん、そう。きっとそう、多分《たぶん》そう」

口早《くちばや》に理由《りゆう》を決《き》めつけた駒野《こまの》さん。僕《ぼく》に気《き》を遣《つか》っているだろうことは何《なん》となく分《わ》かる。

——動物《どうぶつ》は鋭《するど》い、ということをよく耳《みみ》にする。動物《どうぶつ》は言葉《ことば》を使《つか》わない分《ぶん》、それ以外《いがい》のものから情報《じょうほう》を読《よ》み取《と》る。相手《あいて》の仕草《しぐさ》や声《こえ》、そして、もしかしたら心《こころ》を読《よ》み取《と》ったり。

だとすれば、愛情《あいじょう》のない僕《ぼく》に警戒《けいかい》するのも当然《とうぜん》だ。この猫《ねこ》にとって、僕《ぼく》は針金《はりがね》の人形《にんぎょう》にすぎない。温《ぬく》もりを持《も》った駒野《こまの》さんが近《ちか》くにいるのに、わざわざ僕《ぼく》に好意《こうい》を示《しめ》したりはしないだろう。今《いま》の僕《ぼく》は、布人形以下《ぬのにんぎょういか》の存在《そんざい》だ。

「そう言《い》えばさ、オシくんち、お姉《ねえ》さん、スーパーでバイトしてる？」

長《なが》く続《つづ》いた沈黙《ちんもく》を嫌《いや》がったのか、駒野《こまの》さんが、そんなどうでもいいことを聞《き》いてきた。

「してるけど……？　なんで？」

「この前《まえ》、レジで『忍《おし》』っていう名札《なふだ》の人《ひと》がいて。珍《めずら》しい名字《みょうじ》だから、そっかなって」

「ああ、そういうこと……」

「あ、いや、本当《ほんとう》に聞《き》きたいことはそうじゃなくて、その──」

駒野《こまの》さんが何《なに》やら言《い》いづらそうにしている。僕《ぼく》は「どうかした？」と言葉《ことば》を促《うなが》した。

「キーホルダー、なんだけど……。自然学校《しぜんがっこう》の時《とき》の──」

と、駒野《こまの》さんがそこまで言《い》ったところで、分《わ》かった。

別《わか》れ際《ぎわ》にもらったキーホルダーのことだろう。あれ以来《いらい》、小銭入《こぜにい》れ外側《そとがわ》のポケットに入《い》れて、お守《まも》り代《が》わりにしていた。少女《しょうじょ》マンガのキャラが付《つ》いているけれど、猫《ねこ》のマスコットキャラなので、言《い》うほど女物《おんなもの》っぽい雰囲気《ふんいき》はない。まあ、男物《おとこもの》でもないけど。

「持《も》ってるよ。いつもこの中《なか》に──」

と、ジーンズから小銭入《こぜにい》れを取《と》り出《だ》す。そして、小銭入《こぜにい》れのポケットを──。

「あれ」

ない。キーホルダーがなくなっている。落《お》としたか？

でもキーホルダーなんて、そうそう出《だ》し入《い》れしていた訳《わけ》じゃない。それに、小銭入《こぜにい》れだって、帰《かえ》ったら毎日家《まいにちいえ》の棚《たな》にしまっている。外出《がいしゅつ》する時《とき》に持《も》ち出《だ》してはいるけれど、ここ最近《さいきん》、外《そと》で何《なに》か買《か》い物《もの》したこともない。外出先《がいしゅつさき》で小銭入《こぜにい》れを出《だ》したことなんて全《まった》く――。

――いや、始業式前《しぎょうしきまえ》に、一度《いちど》だけあった。

あの店《みせ》――『まごころ』に行《い》った時《とき》に、取《と》り出《だ》した。手数料《てすうりょう》でお金《かね》が要《い》るのかと思《おも》って慌《あわ》てて取《と》り出《だ》して、でも要《い》らないと分《わ》かってすぐにしまって――。

あの時《とき》にこぼれ落《お》ちていたなら、気付《きづ》けなくても不思議《ふしぎ》はない。店《みせ》の雰囲気《ふんいき》に呑《の》まれていた覚《おぼ》えがある。周囲《しゅうい》のことも自分《じぶん》の足元《あしもと》のことも、注意《ちゅうい》していられなかった。

「オシくん？　もしかして、どこかに落《お》とした？」

駒野《こまの》さんの声《こえ》で、現実《げんじつ》に引《ひ》き戻《もど》される。そして、この言葉《ことば》である。

色々《いろいろ》とマズい。自信満々《じしんまんまん》に「いつもこの中《なか》に」と言《い》っておいて、ない。

キャリーケースの中《なか》で、猫《ねこ》の鳴《な》き声《ごえ》。「ヴ〜」と敵意《てきい》を込《こ》めて唸《うな》っている。

待《ま》て、誤解《ごかい》だ。別《べつ》にお前《まえ》のご主人様《しゅじんさま》を悲《かな》しませようとした訳《わけ》じゃない。愛《あい》がないとはいえ、さすがに僕《ぼく》も鬼《おに》じゃない。わざとこんなことはできない。

「ちょっと急用《きゅうよう》を思《おも》い出《だ》したから帰《かえ》る、ごめん」

「え、あ、オシくん⁉」

僕《ぼく》は足早《あしばや》に去《さ》った。いつの間《ま》にか走《はし》っていた。バツの悪《わる》さがこの上《うえ》ない。駒野《こまの》さんはキャリーケースを持《も》っているから走《はし》って追《お》っては来《こ》られない。それだけは良《よ》かった。

そして走《はし》るうち、覚《おぼ》えのある感覚《かんかく》が肌《はだ》を撫《な》でた。

これは、まさか――。

気付《きづ》けば、周囲《しゅうい》は木々《きぎ》。目《め》の前《まえ》には、『愛情融資店《あいじょうゆうしてん》まごころ』。

いや、でもちょうどいい。キーホルダーを落《お》としたのがここなのであれば、さっさと返《かえ》してもらって帰《かえ》ろう。どうせなら、図書館《としょかん》に行《い》く前《まえ》にここに来《き》たかったけれど。

店《みせ》に入《はい》ると、やはり女性《じょせい》が座《すわ》っていた。確《たし》か名前《なまえ》をイコイさんと言《い》ったか。

それ以外《いがい》は誰《だれ》もいない。イコイさんだけが中央《ちゅうおう》のイスに腰掛《こしか》けている。

「あら、来《き》たわね」

「どうも。それより、落《お》とし物《もの》ありませんでしたか」

「キーホルダー？」

知《し》ってたのかよ。だったらもっと早《はや》く来《こ》させてくれ。自分《じぶん》だけじゃ、どうやってここに来《く》ればいいのか分《わ》からないんだから。

イコイさんは立《た》ち上《あ》がると、棚《たな》の上《うえ》のショーケースを開《あ》けて、キーホルダーを取《と》り出《だ》した。リングのゆがんだ、あのキーホルダー。僕《ぼく》は受《う》け取《と》り、小銭《こぜに》入《い》れにしまう。

「じゃ、帰《かえ》ります――」

「ダメよ。落《お》とし物《もの》のために来《き》てもらった訳《わけ》じゃないわ」

「……どういうことです？」

「忍佳乃《おしよしの》が積《つ》み立《た》てていた愛情《あいじょう》があるのよ」

「母《かあ》さん――？」

話《はなし》が見《み》えない。どうしていきなり、もういない母《かあ》さんの名前《なまえ》が出《で》てくる？

席《せき》に着《つ》くしかなかった。話《はなし》を聞《き》かないまま帰《かえ》れない。

「愛情《あいじょう》の定期《ていき》積《つ》み立《た》て、っていう方法《ほうほう》があるのよ。毎月毎月《まいつきまいつき》、決《き》まった量《りょう》の愛情《あいじょう》を『定期《ていき》口座《こうざ》』に預《あず》けていって、愛情《あいじょう》を貯《た》めるやり方《かた》」

「定期口座《ていきこうざ》？」

「定期口座《ていきこうざ》は、自由《じゆう》に愛情《あいじょう》を引《ひ》き出《だ》せないけど、その分《ぶん》、少《すこ》し利率《りりつ》が高《たか》くなる。そして一《いっ》

とあるんですか？」

「それを母《かあ》さんがやってたってことですか？　いつ？　そもそも母《かあ》さん、この店《みせ》に来《き》たこ

定期間《ていきかん》が経《た》ったら『満期《まんき》』扱《あつか》いになって、利率《りりつ》の低《ひく》い普通口座《ふつうこうざ》に愛情《あいじょう》が移《うつ》る」

「ちょうど一年前《いちねんまえ》よ」

一年前《いちねんまえ》と言《い》えば、母《かあ》さんが病院《びょういん》に行《い》ったり来《き》たりをやり始《はじ》めた頃《ころ》だ。

「彼女《かのじょ》は、一年間《いちねんかん》の期限《きげん》で愛情《あいじょう》を積《つ》み立《た》てていたの。それで、今日《きょう》が満期《まんき》——つまり、積《つ》み立《た》て終了《しゅうりょう》の期限日《きげんび》」

「何《なん》でそんなこと——？」

母《かあ》さんはきっと、その時《とき》には自分《じぶん》が死《し》んでしまうことを知《し》っていた。なのに愛情《あいじょう》を口座《こうざ》に積《つ》み立《た》てていた？　わざわざ自分《じぶん》の心《こころ》から、この店《みせ》の口座《こうざ》に愛情《あいじょう》を移《うつ》していたということだ。一年《いちねん》が期限《きげん》の積《つ》み立《た》てと言《い》うけれど、一年後《いちねんご》に自分《じぶん》が生《い》きているなんて考《かんが》えていたのか？　そんな訳《わけ》ない。意味《いみ》が分《わ》からない。

「あなたに遺《のこ》すためよ」

「え？」

「彼女《かのじょ》は一年前《いちねんまえ》ここに来《き》た時《とき》に、あなたの定期口座《ていきこうざ》を作《つく》ったの。そして、あなたの定期口《ていきこう》

座《ざ》を積《つ》み立《た》て先《さき》として選《えら》んだ」

「僕《ぼく》の……？」

つまり、自分《じぶん》の愛情《あいじょう》を僕《ぼく》の口座《こうざ》に少《すこ》しずつ移《うつ》していた？　一年前《いちねんまえ》からずっと？

「彼女《かのじょ》、言《い》ってたわ。『最期《さいご》には、まともに話《はな》すこともできなくなるから』と。『愛情《あいじょう》を持《も》っていても話《はな》せないなら意味《いみ》がない。ならその時《とき》は自分《じぶん》の心《こころ》を空《から》っぽにして、子《こ》どもたちに遺《のこ》してあげたい』――そんな風《ふう》にね」

――自分《じぶん》が死《し》ぬのに。そんなことまで、考《かんが》えられるものなのだろうか。

「まあ、家族《かぞく》とは言《い》っても、他人《たにん》の口座《こうざ》への受《う》け渡《わた》しということになるから、それなりの手数料《てすうりょう》は取《と》るのだけれど。ただ、さすがに１００パーセントの率《りつ》ではないし、それに――」

商売人《しょうばいにん》らしく、イコイさんは何《なに》やらブツブツ説明《せつめい》している。でも正直《しょうじき》、そんなことはどうでもよかった。僕《ぼく》には他《ほか》に聞《き》きたいことがある。

「あの……前《まえ》に言《い》ってましたよね。『愛情《あいじょう》は何《なに》かを護《まも》るために使《つか》われる』って」

「言《い》ったわ」

「自分《じぶん》が死《し》にそうだってなった時《とき》、愛《あい》って、どうなるんです？」

余命《よめい》を宣告《せんこく》されて――あと少《すこ》しで自分《じぶん》が死《し》ぬと分《わ》かって――。

血《ち》を吐《は》いて、体《からだ》の痛《いた》みと戦《たたか》って、それでもなお一向《いっこう》に体《からだ》は良《よ》くならなくて――。

死《し》にたくないと思《おも》って。生《い》きたいと思《おも》って。どうにかして自分《じぶん》を護《まも》りたいと思《おも》って――。

――僕《ぼく》は、自暴自棄《じぼうじき》になっていく母《かあ》さんを見《み》た。

僕《ぼく》や姉《ねえ》さんがいる前《まえ》で、子《こ》どものように「もう、嫌《いや》ね」と言《い》っていたのを聞《き》いた。

僕《ぼく》のために愛情《あいじょう》を積《つ》み立《た》てていたのとは別《べつ》に、それ以上《いじょう》に、母《かあ》さんの心《こころ》が涸《か》れていっていた気《き》がした。

「自分《じぶん》を護《まも》るためにも、愛情《あいじょう》は消費《しょうひ》されるわ。恐怖心《きょうふしん》を抑《おさ》えたり、あるいは、傷付《きずつ》いた心《こころ》を癒《いや》したり――。死《し》にそうな自分《じぶん》をどうにかして護《まも》るためにも、愛《あい》は失《うしな》われる」

イコイさんは言《い》った。

「そんな中《なか》での愛情《あいじょう》積《つ》み立《た》てだったから――。もしかしたら、あなたが期待《きたい》するような愛《あい》情《じょう》の量《りょう》は口座《こうざ》にないかもしれない」

――期待《きたい》？

別《べつ》に僕《ぼく》は、期待《きたい》なんてしていない。

あるのは期待《きたい》じゃなくて、ただ――。

母《かあ》さんが、強《つよ》くて優《やさ》しい母親《ははおや》だったのだろうという事実《じじつ》だけ。

「あなたに遺《のこ》されたのは、15万縁《まんえん》」

イコイさんは言《い》う。

「今日《きょう》で満期《まんき》だから、これはあなたの定期口座《ていきこうざ》から普通口座《ふつうこうざ》へ移《うつ》されるわ。いいわね？」

「……それ、ちょっと考《かんが》えさせてもらえませんか？」

「考《かんが》える？　そんな時間《じかん》ないわよ。もう、すぐに次《つぎ》のお客《きゃく》をここに呼《よ》ばなくちゃいけないんだから。次《つぎ》のお客《きゃく》もそろそろ用事《ようじ》が終《お》わるみたいだし」

「じゃあ、普通口座《ふつうこうざ》に移《うつ》すのは別《べつ》にいいです。ただ、近《ちか》いうちにまたこのお店《みせ》に来《こ》させてください。僕《ぼく》の考《かんが》えがまとまったら、また」

――これを受《う》け取《と》るのは、本当《ほんとう》に僕《ぼく》であるべきなんだろうか。

4

『まごころ』を出《で》ると、マンションからやけに遠《とお》い場所《ばしょ》に着《つ》いた。図書館《としょかん》が遠《とお》くに見《み》える。マンションに帰《かえ》るのに、歩《ある》いて一時間近《いちじかんちか》くかかった。

そして午後六時《ごごろくじ》、家《いえ》に帰《かえ》ると、すでに土岐《とき》さんはいなくなっていた。台所《だいどころ》には姉《ねえ》さんがいて、鼻歌《はなうた》まじりでお米《こめ》を研《と》いでいる。

「おかえり、どこ行《い》ってたの？　土岐《とき》くんもう帰《かえ》っちゃったよ」

久《ひさ》し振《ぶ》りに聞《き》いた。弾《はず》んだ姉《ねえ》さんの声《こえ》。

土岐《とき》さんはすごい。姉《ねえ》さんをここまで幸《しあわ》せな気持《きも》ちにすることなんて、僕《ぼく》じゃ到底《とうてい》できそうにない。僕《ぼく》に比《くら》べて、あの軽薄《けいはく》な男《おとこ》は本当《ほんとう》にすごい。僕《ぼく》なんて、もう要《い》らない。

「……姉《ねえ》さん、目《め》、赤《あか》いよ。腫《は》れてない？」

「え、そうかな？　気《き》のせいじゃない？」

そうだろうか。目《め》が腫《は》れているように見《み》えるのは、夕焼《ゆうや》けの光《ひかり》のせい──と言《い》えなくもないけれど。泣《な》いた時《とき》みたいに目元《めもと》が赤《あか》いのは、見間違《みまちが》いとは思《おも》えなかった。でも、土岐《とき》さんと何《なに》かあった訳《わけ》でもないだろう。よく分《わ》からない。

その後《ご》、夕飯《ゆうはん》は僕《ぼく》と姉《ねえ》さんだけで食《た》べた。鼻歌《はなうた》に乗《の》って姉《ねえ》さんが作《つく》ったオムライスを。

居間《いま》のテーブル。向《む》かいでオムライスを食《た》べる姉《ねえ》さんに、僕《ぼく》は尋《たず》ねた。

「もしもさ──、もしもだよ？」

「なに？」

「もしも愛情《あいじょう》を他人《たにん》に分《わ》け与《あた》えられるとして──」

僕《ぼく》がそう言《い》うと、姉《ねえ》さんはやけに笑顔《えがお》を硬《かた》くした。どうしたのだろう。

「――他人《たにん》に愛情《あいじょう》をあげられるとしてさ、もしも母《かあ》さんが、もう死《し》ぬからって――自分《じぶん》の愛情《あいじょう》を分《わ》けてくれてたら、姉《ねえ》さんはどう思《おも》う？」

「どう――って？」

「姉《ねえ》さんならどう思《おも》うかな、って。嬉《うれ》しい、とか。どうして愛情《あいじょう》なんだろう、とか」

「ん｜……そうだね……」

姉《ねえ》さんはスプーンを置《お》いて考《かんが》え始《はじ》めた。ちょうど、テーブルの上《うえ》の麦茶《むぎちゃ》がなくなっていたので、僕《ぼく》は冷蔵庫《れいぞうこ》から新《あたら》しく麦茶《むぎちゃ》を持《も》ってきて、改《あらた》めて席《せき》に着《つ》く――が。

「姉《ねえ》さん？」

――驚《おどろ》いた。僕《ぼく》が席《せき》を外《はず》した三十秒《さんじゅうびょう》で、姉《ねえ》さんの目《め》からは涙《なみだ》が落《お》ちていたから。

「ごめん、僕《ぼく》、何《なに》か変《へん》なこと言《い》った？」

「ううん、違《ちが》うの、大丈夫《だいじょうぶ》だよ」

姉《ねえ》さんは涙《なみだ》を拭《ぬぐ》いながら、少《すこ》しだけ笑《わら》って答《こた》えた。それでも、涙《なみだ》は止《と》まらない。

母《かあ》さんが死《し》んでから、今《いま》まで、僕《ぼく》の目《め》の前《まえ》で泣《な》くことなんてなかったのに。

「……お母《かあ》さんが愛情《あいじょう》を分《わ》けてくれて、私《わたし》、すごく嬉《うれ》しいの」

「嬉《うれ》しい？」

「だってそれ、お母《かあ》さんの中《なか》にあったものが、私《わたし》の中《なか》に遺《のこ》るってことでしょ？」

なるほど、確《たし》かにそういう風《ふう》に考《かんが》えることもできる。形《かたち》には残《のこ》らない、母親《ははおや》の形見《かたみ》。

どうもありがとう、と僕《ぼく》は話《はなし》を終《お》わらせようとしたが――。

「――でもね」

姉《ねえ》さんの言葉《ことば》が続《つづ》いていた。

そしてその瞬間《しゅんかん》、涙《なみだ》の粒《つぶ》は勢《いきお》いを増《ま》し、姉《ねえ》さんは子《こ》どものように泣《な》きじゃくった。

「そんなのより――、そんなことよりね――」

鼻《はな》をすすりながら、目《め》をこすりながら、

「あと一日《いちにち》でも一時間《いちじかん》でも一分《いっぷん》でも――私《わたし》、お母《かあ》さんと一緒《いっしょ》にいたかったんだよ……」

声《こえ》を上《あ》げて姉《ねえ》さんは泣《な》いた。

さっき、姉《ねえ》さんは「お母《かあ》さんが愛情《あいじょう》を分《わ》けてくれて嬉《うれ》しい」と言《い》った。僕《ぼく》のたとえ話《ばなし》ではなく、実際《じっさい》に分《わ》けてもらったかのように話《はな》した。

もしかしたら、僕《ぼく》が店《みせ》から家《いえ》まで帰《かえ》ってくる一時間《いちじかん》の間《あいだ》に、姉《ねえ》さんも『まごころ』に行《い》っていたのかもしれない。イコイさんはすぐ次《つぎ》の客《きゃく》が来《く》ると言《い》っていたし、母《かあ》さんが、僕《ぼく》だけでなく姉《ねえ》さんにも愛情《あいじょう》を積《つ》み立《た》てていたと考《かんが》える方《ほう》が自然《しぜん》だ。そしてそれなら、姉《ねえ》さんの目《め》が赤《あか》く腫《は》れていた理由《りゆう》も分《わ》かる。

だとすれば、姉《ねえ》さんも、僕《ぼく》と同《おな》じように母《かあ》さんの愛情《あいじょう》を受《う》け取《と》っている。それでもなお、姉《ねえ》さんは「そんなことよりも、お母《かあ》さんと一緒《いっしょ》にいたかった」と言《い》った。

一緒《いっしょ》にいたい。そばにいたい。手《て》を繋《つな》いでいたかったし、抱《だ》きついていたかった。一秒《いちびょう》でも長《なが》く、母《かあ》さんといたかった。——そう言《い》う姉《ねえ》さんの言葉《ことば》は、明確《めいかく》に、ただ生《い》きている「母《かあ》さん」を求《もと》めていた。哺乳瓶《ほにゅうびん》と針金《はりがね》の人形《にんぎょう》でもない。温《ぬく》もりと布《ぬの》きれでもない。

——僕《ぼく》の頭《あたま》の中《なか》に、三年前《さんねんまえ》の夜《よる》の光景《こうけい》が浮《う》かんだ。死《し》んだ母猫《ははねこ》を前《まえ》にして、すがりつくように鳴《な》く子猫《こねこ》。その姿《すがた》が、目《め》の前《まえ》の姉《ねえ》さんと重《かさ》なる。

——急《きゅう》に、恥《は》ずかしくなった。

僕《ぼく》が墓《はか》を作《つく》ったから何《なん》だというんだろう。花《はな》のある場所《ばしょ》に母猫《ははねこ》を埋《う》めたから何《なん》だというんだろう。そんなもの、意味《いみ》はなかった。子猫《こねこ》が求《もと》めていたのは、お墓《はか》でも、花《はな》でも、別《わか》れの言葉《ことば》でもなかった。今《いま》、姉《ねえ》さんが言《い》ったみたいに「ただ母親《ははおや》といたかった」はずだ。

それなのに僕《ぼく》は、自分《じぶん》のしたことをまるで善《い》いことのように思《おも》って。ただの自己満足《じこまんぞく》にすぎないのに、得意《とくい》な顔《かお》をして。

あの頃《ころ》、僕《ぼく》には愛情《あいじょう》があった。でも、母親《ははおや》の死《し》を前《まえ》にして子猫《こねこ》が求《もと》めていたものなんてまるで分《わ》かっていなかった。僕《ぼく》が愛情《あいじょう》なんて持《も》っていても、まるで意味《いみ》はなかったんだ。

母《かあ》さんが死《し》んでから、僕《ぼく》は姉《ねえ》さんを支《ささ》えることが一《ひと》つの仕事《しごと》だと思《おも》っていたけど、何《なに》もできなかった。けれど姉《ねえ》さんは、「母《かあ》さんと一緒《いっしょ》にいたかった」という愚痴《ぐち》なんて、今《いま》まで一《ひと》つも僕《ぼく》にこぼさないで、自分《じぶん》で全部解決《ぜんぶかいけつ》して、土岐《とき》さんという支《ささ》えを得《え》た。

そうか、今日《きょう》『まごころ』で感《かん》じた違和感《いわかん》はこれだ。

僕《ぼく》が母《かあ》さんの遺《のこ》した愛情《あいじょう》を受《う》け取《と》ったとして、僕《ぼく》はそれを何《なん》に使《つか》えばいい？

僕《ぼく》が支《ささ》えようとした姉《ねえ》さんには、もう土岐《とき》さんがいる。僕《ぼく》の仕事《しごと》はない。愛情《あいじょう》は使《つか》わない。それなら、この愛情《あいじょう》は、姉《ねえ》さんが持《も》っていた方《ほう》が良《い》い。土岐《とき》さんと互《たが》いを支《ささ》え合《あ》う中《なか》で、多分必要《たぶんひつよう》になるだろうから。

使《つか》い方《かた》がわからない僕《ぼく》が持《も》っていてもしょうがない。

姉《ねえ》さんに、この愛情《あいじょう》を送《おく》ろう。

なんでNo.3
なんだろう?
イコイさんと
わたしだけなのに。

【店員《てんいん》No.3】
駒野真心
Mako Komano

1

この前《まえ》、お店《みせ》の書類《しょるい》を見《み》ながら、色《いろ》んなお客《きゃく》さんの利息《りそく》や手数料《てすうりょう》のチェックをしていた。

個人情報《こじんじょうほう》ということで、お手伝《てつだ》いのわたしには、お客《きゃく》の名前《なまえ》は分《わ》からないようになっている。わたしに分《わ》かるのは、「誰《だれ》か」が何月何日《なんがつなんにち》から何月何日《なんがつなんにち》までに、何縁借《なんえんか》りたかとか、何縁預《なんえんあず》けていたかとか。「誰《だれ》か」が「誰《だれ》か」に何縁送《なんえんおく》ったか、とか。

だけど、見《み》つけてしまった。

四月四日《しがつよっか》——わたしが愛情《あいじょう》を受《う》け取《と》った日《ひ》。

その日《ひ》に、31万《まん》5千縁《せんえん》、「誰《だれ》か」が「誰《だれ》か」に振《ふ》り込《こ》んでいた。そしてその日《ひ》、そんな量《りょう》の愛情《あいじょう》をやり取《と》りしているのは、その取引《とりひき》だけだった。

「誰《だれ》か」がわたしに愛情《あいじょう》を振《ふ》り込《こ》んでいたのは明《あき》らかだった。なら、それは誰《だれ》？

そして、わたしは思《おも》った。

もしも、オシくんが愛情《あいじょう》を失《な》くしていて、そしてその理由《りゆう》が——。

いや、そんな訳《わけ》、きっとないんだろうけど。そんな訳《わけ》、ないんだけれど。

でもオシくんは、多分《たぶん》、わたしの知《し》らないうちにあの店《みせ》に出入《でい》りしている。

——わたしがあげたキーホルダー。

最初《さいしょ》のうちは、落《お》とし物《もの》を並《なら》べたショーケースなんて全然気《ぜんぜんき》にしてなかったけれど。この前《まえ》、オシくんのお姉《ねえ》さんがジッと見《み》ていて、私《わたし》も気《き》になった。そして気付《きづ》いた。あれは、わたしがオシくんにあげたキーホルダー。ゆがんだリングが、何《なに》よりの特徴《とくちょう》。

そして実際《じっさい》、今日会《きょうあ》った時《とき》、オシくんはキーホルダーを失《な》くしていた。どこかに落《お》としていた。じゃあ、一体《いったい》どこに——？　わたしはなぜか『まごころ』しか思《おも》いうかばなかった。

そして、あのお店《みせ》は、愛情《あいじょう》を取引《とりひき》する人《ひと》しか出入《でい》りできない。オシくんもあのお店《みせ》で、愛情《あいじょう》をどうこうしていたはずだ。

もしも私《わたし》に愛情《あいじょう》を振《ふ》り込《こ》んだのが、オシくんなら——。

もちろん、オシくんがそんなことをする理由《りゆう》、ないのだけど。

でも、胸騒《むなさわ》ぎがする。どうしてだろう。

夕飯《ゆうはん》を食《た》べている間《あいだ》も、お風呂《ふろ》に入《はい》っている間《あいだ》も、気《き》になって仕方《しかた》がない。パジャマを着《き》て、鏡《かがみ》を見《み》ながら、ドライヤーで髪《かみ》を乾《かわ》かしている今《いま》も、やっぱり気《き》になる。

いっそ、今《いま》すぐにでも会《あ》って確《たし》かめたいくらい——。

——って？

一《ひと》つ瞬《まばた》きをした瞬間《しゅんかん》、わたしは『まごころ』の店内《てんない》にいた。

ちょっと。急《きゅう》すぎ。

「え、ちょ、何《なん》で何《なん》で何《なん》で」

あまりの突然《とつぜん》さに言葉《ことば》が漏《も》れた。いつも急《きゅう》に呼《よ》び出《だ》されることはある。確《たし》かにある。だけど今《いま》、夜《よる》だよ。午後八時《ごごはちじ》。こんな時間《じかん》に呼《よ》び込《こ》まれたことなんて、さすがにない。

「しかもイコイさん、いないし！」

そう、店《みせ》の中《なか》にイコイさんがいない。トイレにも、どこを見《み》てもいない。

確《たし》かに、店番《みせばん》のために留守《るす》を任《まか》されることは今《いま》まで何度《なんど》かあったけど、最初《さいしょ》からイコイさんがいないなんてことはなかった。っていうか、こんな夜遅《よるおそ》くにお客《きゃく》なんて来《く》る？

いや、でもやっぱり呼《よ》ばれたってことは、誰《だれ》か来《く》るんだろう。だとしたら、今《いま》の格好《かっこう》はマズい。だってパジャマだよ？

とりあえずクローゼットの中《なか》から大《おお》きなストールを取《と》り出《だ》して羽織《はお》る。いつもイコイさんが使《つか》ってるやつ。深《ふか》い赤《あか》ワイン色《いろ》が、わたしの上半身《じょうはんしん》を覆《おお》った。とりあえず良《よ》し。

そして髪《かみ》の毛《け》。知《し》り合《あ》いが来《く》るのに備《そな》えて、髪型《かみがた》は変《か》えなきゃ。三《み》つ編《あ》み――なんてやってる暇《ひま》はないから、とりあえず、近場《ちかば》にあったシュシュで髪《かみ》を一《ひと》つにまとめる。

――と、その時《とき》。

入口《いりぐち》の扉《とびら》が動《うご》いて、付《つ》いていた鈴《すず》がチリンと鳴《な》った。

「イコイさん？」

私《わたし》が振《ふ》り向《む》くと、「失礼《しつれい》します」という声《こえ》と共《とも》に、男《おとこ》の子《こ》が入《はい》ってきた――って、

「オシく――」

「え？」

目《め》が合《あ》いそうになって、わたしは全速《ぜんそく》で後《うし》ろを向《む》いた。名前《なまえ》を呼《よ》びかけた口《くち》を閉《と》じ、急《いそ》いで前髪《まえがみ》をピンで留《と》める。おでこを出《だ》していつものメガネを掛《か》けて――セーフ。

「あの――？」

「はい、なんでしょう」

戸惑《とまど》っているオシくんに対《たい》し、わたしは振《ふ》り向《む》きつつも、顔《かお》を下《した》に向《む》けて答《こた》えた。

「お店《みせ》、やってますか？」

「えっと、多分《たぶん》」

「多分《たぶん》？」

「あ、いえ、わたし、手伝《てつだ》いで——でも多分《たぶん》、イコイさん、そのうち来《く》るはずなので」

わたしはそう言《い》って、中央《ちゅうおう》のテーブルにオシくんを招《まね》いた。二人《ふたり》で向《む》かい合《あ》って座《すわ》る。

……本当《ほんとう》に会《あ》ってしまった。オシくんと、いきなり。

色々《いろいろ》話《はな》したいことがあったけど、いざ会《あ》うと言葉《ことば》に詰《つ》まる。というか、今《いま》わたしは「駒《こま》野真心《のまこ》」としてオシくんの前《まえ》にいる訳《わけ》じゃない。下手《へた》に話《はな》せない。

——いや、逆《ぎゃく》？

駒野真心《こまのまこ》じゃないから、何《なん》でも聞《き》ける？

「あの、今日《きょう》はどういうご用件《ようけん》で？」

わたしの口《くち》から、ふと、そんな言葉《ことば》が出《で》てきた。

「ああ、振《ふ》り込《こ》みのお願《ねが》いなんです。僕《ぼく》の姉《あね》に」

オシくんは何《なん》のためらいもなく答《こた》えた。何《なん》だかだましてるようで、悪《わる》いことをしている気分《きぶん》になる。いや、実際《じっさい》にだまして、悪《わる》いことをしているのだけど。

「できますよね？　多分《たぶん》、姉《あね》の口座《こうざ》はあるはずなので」

慣《な》れた様子《ようす》で話《はな》すオシくん。この店《みせ》に何度《なんど》か来《き》ているのは間違《まちが》いなさそうだった。

「……えっと、あなた、前《まえ》にも愛情《あいじょう》を送《おく》ったこと、ありましたっけ？」

そんなことを聞《き》いてしまった。度忘《どわす》れしたっぽく演技《えんぎ》して。

「はい、ありますよ」

「それ、コマノマコ『さん』？」

「そうですそうです。あ、お手伝《てつだ》いさんもできるんですか？　振《ふ》り込《こ》みの手続《てつづ》き」

ごく普通《ふつう》に話《はな》すオシくん。あまりに普通《ふつう》で、もしかしたらこの話《はなし》は、彼《かれ》にとってどうでもいいことなのかな、と思《おも》うくらい。

「昨日《きのう》、母《はは》が僕《ぼく》に積《つ》み立《た》てていた愛情《あいじょう》が満期《まんき》になったので、それを姉《あね》に送《おく》ろうと思《おも》って」

「お母《かあ》さんの？」

「はい。あれ？　知《し》ってますよね？」

オシくんはほんの少《すこ》し首《くび》を傾《かし》げた。そっか、さっきわたしが「駒野真心《こまのまこ》」への振《ふ》り込《こ》みを知《し》っていたから、他《ほか》のことも全部《ぜんぶ》知《し》ってると思《おも》われたんだ。

「あ、はい、お母《かあ》さんが積《つ》み立《た》てていた――ええ」

何《なん》となく、知《し》ってる風《ふう》を装《よそお》った。何《なに》も知《し》らないけど。わたしは悪《わる》い人間《にんげん》だ。

「でも……それは、あなたのお母《かあ》さんが、あなたのために貯《た》めていた愛情《あいじょう》ですよね？　どうしてお姉《ねえ》さんに？」

「僕《ぼく》が持《も》ってるより、姉《ねえ》さんが持《も》っていた方《ほう》が良《い》い」

オシくんは即答《そくとう》した。何《なん》の迷《まよ》いもなく。

「え、でも待《ま》って。だってオシくん、今《いま》、自分《じぶん》の愛情《あいじょう》どれだけ残《のこ》ってるの？」

「どれだけって——、相変《あいか》わらずゼロに近《ちか》いですよね。この前《まえ》、駒野《こまの》さんに全部渡《ぜんぶわた》して、母《かあ》さんの積《つ》み立《た》て分《ぶん》も全部《ぜんぶ》、これから姉《ねえ》さんに渡《わた》せば——」

「何《なん》で⁉」

わたしは叫《さけ》んでいた。立《た》ち上《あ》がっていた。手《て》をテーブルに突《つ》いてオシくんを見下《みお》ろした。

「何《なん》でそんなことするの⁉　信《しん》じらんない！」

わたしの叫《さけ》びに、オシくんは目《め》を丸《まる》くしている。

「もっと考《かんが》えた方《ほう》が良《い》いって！　せっかくお母《かあ》さんがくれたんでしょ⁉　詳《くわ》しい話《はなし》は知《し》らないけど、オシくんのためにくれた愛情《あいじょう》でしょ⁉」

「考《かんが》えましたよ……考《かんが》えた。何《なに》も考《かんが》えてない訳《わけ》じゃない。考《かんが》えた上《うえ》で決《き》めたんです」

「嘘《うそ》！　全然《ぜんぜん》考《かんが》えてない！」

私《わたし》が答《こた》えた直後《ちょくご》、オシくんはわたしの目《め》を見《み》て、叫《さけ》ぶ。

「考《かん》えた！　僕《ぼく》なんかが愛情《あいじょう》を持《も》ってたってどうしようもないんだ！」

「何《なん》で⁉　何《なん》でそんなこと言《い》うの⁉　オシくんは優《やさ》しかったよ！　アイを助《たす》けてくれたもん！」

その時《とき》、オシくんの言葉《ことば》が止《と》まった。

「三年前《さんねんまえ》のあの日《ひ》、オシくんはアイのところに行《い》ってた！　誰《だれ》にも何《なん》にも言《い》われないのに！　自分《じぶん》で決《き》めて！　優《やさ》しかったもん！」

「どうしてそれを――？　アイ――？　もしかして……駒野《こまの》さん？」

オシくんは、わたしの目《め》を見《み》て名前《なまえ》を呼《よ》んだ。そう言《い》えば、いつの間《ま》にか前髪《まえがみ》のピンも外《はず》れている。でもわたしは、正体《しょうたい》がバレたことよりも、オシくんを説得《せっとく》することで頭《あたま》が一杯《いっぱい》だった。もう邪魔《じゃま》なだけのメガネも外《はず》して、わたしは言葉《ことば》を続《つづ》ける。

「わたしはオシくんの愛情《あいじょう》、すごいなって思《おも》ったの、あの時《とき》、だって――」

「あんなの偽善《ぎぜん》だったんだ！　何《なん》の意味《いみ》もなかった！　僕《ぼく》が気持《きも》ち良《よ》くなりたいだけだった！　あの子猫《こねこ》は母親《ははおや》の墓《はか》が欲《ほ》しかったわけでも何《なん》でもなかった！」

「そんなの……！　そうかもだけど……！　わたしは嬉《うれ》しかったんだよ、オシくん！」

「嬉《うれ》しい――？」

「わたしはあの時《とき》、アイのために何《なに》かしてあげたかった。でも分《わ》かんなかった。けどオシくんがいて、お墓《はか》を作《つく》ればいいって——わたしも一緒《いっしょ》にできて、それだけで救《すく》われた」

嘘《うそ》じゃない。あの時《とき》、わたしの気持《きも》ちを引《ひ》っ張《ぱ》ってくれたのはオシくんだ。迷《まよ》わずオシくんが穴《あな》を掘《ほ》って、迷《まよ》わずオシくんが猫《ねこ》を抱《だ》いて——。

「アイがお墓《はか》を作《つく》ってほしかったかなんて分《わ》かんない。でも、だからって、何《なに》もしないのは違《ちが》うよ。分《わ》かんないけど、それでもやってあげたいって思《おも》ったんだもん。それを同《おな》じように思《おも》ってくれる人《ひと》がいて、わたしは嬉《うれ》しかった」

わたしがオシくんに伝《つた》えたいこと。これはこれで本当《ほんとう》だけど、でも——。

これだけ？

何《なに》か違《ちが》う。そういうことを言《い》いたいんじゃなくて、もっと——。

その時《とき》だ。

「——え？」

どこからともなく、光《ひかり》の糸《いと》が宙《ちゅう》を流《なが》れてきた。いつもイコイさんが、愛情《あいじょう》を貸《か》す時《とき》に出《で》てくる愛情《あいじょう》の糸《いと》。ゆるゆると流《なが》れてきて、テーブルの真《ま》ん中《なか》で二《ふた》つに分《わ》かれて、わたしとオシくんの胸《むね》の中《なか》に入《はい》った。

——温《あたた》かさが染《し》み込《こ》む。白《しろ》い心《こころ》が赤《あか》く染《そ》まって、足《た》りなかったものが入《はい》ってくる。

その時《とき》、言葉《ことば》がポロリと唇《くちびる》からこぼれた。

「——大事《だいじ》にしてほしいの、もっと」

視界《しかい》がぼやけている。いつの間《ま》にか、わたしの目《め》に涙《なみだ》が溜《た》まっていた。

「オシくんに、もっと自分《じぶん》のことを大切《たいせつ》にしてほしいの」

「自分《じぶん》——？」

「他人《たにん》のために、自分《じぶん》を投《な》げ出《だ》そうとしないで……！　自分《じぶん》の愛情《あいじょう》を、わたしやお姉《ねえ》さんや——他人《たにん》のためだけに使《つか》わないで……！　もっと自分《じぶん》のために使《つか》ってあげて……！」

だって——。

「わたしはオシくんが大切《たいせつ》だから……オシくんがオシくんを傷付《きずつ》けるのを見《み》るの、苦《くる》しいよ」

オシくんは他人《たにん》と自分《じぶん》を比《くら》べて、自分《じぶん》のことを諦《あきら》めて、自分《じぶん》を傷付《きずつ》けている。自分《じぶん》を全然《ぜん》、護《まも》らない。自分《じぶん》の愛情《あいじょう》を、なげうっている。

「つ——」

ほんの少《すこ》しだけ、声《こえ》にならない声《こえ》がした。私《わたし》の向《む》かいから。

見《み》れば、オシくんの目《め》からも涙《なみだ》が一粒《ひとつぶ》。

「……オシくん？」

「何《なに》もできなかったんだ、本当《ほんとう》に……」

オシくんはそう呟《つぶや》いて、目《め》を何度《なんど》も拭《ぬぐ》った。けれど、涙《なみだ》はどんどん落《お》ちた。

「母《かあ》さんが入院《にゅういん》するようになっても、姉《ねえ》さんは僕《ぼく》に、何度《なんど》も大丈夫《だいじょうぶ》って言《い》ったんだ。きちんと家事《かじ》をして、高校受験《こうこうじゅけん》の勉強《べんきょう》もして——でも夜《よる》に泣《な》いてて」

オシくんの家《いえ》の話《はなし》は、転校《てんこう》してきてからは、初《はじ》めて聞《き》いた。お母《かあ》さんが入院《にゅういん》——？

「僕《ぼく》はただ見《み》ない振《ふ》りをするだけだった。僕《ぼく》が気付《きづ》けば、また『大丈夫《だいじょうぶ》』って返《かえ》ってくるから。姉《ねえ》さんはそういう人《ひと》だから」

オシくんのお姉《ねえ》さん。スーパーのレジの人《ひと》。この前《まえ》『まごころ』に来《き》てた人《ひと》。

「母《かあ》さんが死《し》んでからも、姉《ねえ》さんは僕《ぼく》の目《め》の前《まえ》で泣《な》こうとしなかった。それどころかバイトをしようかなんて言《い》い出《だ》して、『大丈夫《だいじょうぶ》、任《まか》せなさい』って——」

死《し》んだ——？　死《し》んでた——？　オシくんのお母《かあ》さん？

「姉《ねえ》さんが心《こころ》をすり減《へ》らしてたのは分《わ》かってた。だからどうにかしたかった。いつか姉《ねえ》さんが壊《こわ》れてしまわないように。心療内科医《しんりょうないかい》になって、姉《ねえ》さんの心《こころ》を支《ささ》えたいとも思《おも》った。

でもそんなの要《い》らなかった。土岐《とき》さんが全部《ぜんぶ》やってくれてたんだ」

「土岐《とき》さん？」

「姉《ねえ》さんと同《おな》じ高校生《こうこうせい》で――、あの人《ひと》といると、姉《ねえ》さん笑《わら》ってた。今《いま》までにないくらい楽《たの》しそうに、嬉《うれ》しそうに、幸《しあわ》せそうに――僕《ぼく》は何《なに》も、できなかったのに」

ああ、先週《せんしゅう》の土曜日《どようび》、お母《かあ》さんと行《い》ったスーパーのレジで、私《わたし》の前《まえ》にお会計《かいけい》していた人《ひと》だ。お姉《ねえ》さんが「土岐《とき》くん」と呼《よ》び掛《か》けていた男《おとこ》の人《ひと》。……彼氏《かれし》、なのかな。

オシくんは、お母《かあ》さんが亡《な》くなっていて、お姉《ねえ》さんがバイトをしていて――。オシくんはお姉《ねえ》さんを助《たす》けたいけど、そこにはもう、土岐《とき》さんがいて――。オシくんは、何《なに》もできないでいて――？

オシくんの話《はなし》が全部《ぜんぶ》分《わ》かった訳《わけ》ではなかったけれど――。

何《なん》となく、オシくんの胸《むね》の中《なか》でぶらさがっている重《おも》りが見《み》えた気《き》がした。自分《じぶん》が何《なに》もできないから――と、自分《じぶん》をないがしろにするその気《き》持《も》ち。自分《じぶん》で自分《じぶん》を傷付《きずつ》ける気《き》持《も》ち。

座《すわ》ったまま、手《て》で何度《なんど》も涙《なみだ》を拭《ぬぐ》うオシくん。わたしは、自分《じぶん》でも意識《いしき》していないうちに、彼《かれ》の隣《となり》へと歩《ある》いていた。

屈《かが》んで、オシくんの手《て》を取《と》った。涙《なみだ》で濡《ぬ》れた右手《みぎて》。それを、わたしの両手《りょうて》で包《つつ》み込《こ》む。

わたしもオシくんも、何《なに》も話《はな》さない。

涙《なみだ》で冷《つめ》たかった彼《かれ》の手《て》が、少《すこ》しずつ温《あたた》かみを帯《お》びてくる。たったそれだけのことで、何《なん》百何千《びゃくなんぜん》の言葉《ことば》よりも、わたしの気持《きも》ちをオシくんに伝《つた》えられている気《き》がした。

私《わたし》の体温《たいおん》が、オシくんの手《て》に移《うつ》る。温《あたた》まったオシくんの手《て》が、今度《こんど》はわたしの手《て》に温《ぬく》もりを返《かえ》してくる。それがまた彼《かれ》の手《て》を温《あたた》める。

あげた愛情《あいじょう》が、少《すこ》し増《ふ》えて戻《もど》ってくる。相手《あいて》の気持《きも》ちが嬉《うれ》しくて、それが愛《あい》になって、自分《じぶん》の中《なか》でまた少《すこ》しだけ増《ふ》える。その増《ふ》えた分《ぶん》も含《ふく》めて、また相手《あいて》にあげる。

——本当《ほんとう》は、愛情《あいじょう》を融通《ゆうずう》するのに、こんなお店《みせ》、要《い》らないのかもしれない。

大切《たいせつ》な人《ひと》の手《て》を握《にぎ》るだけで、こんなに大切《たいせつ》な想《おも》いが増《ふ》えていく。想《おも》いが熱《あつ》くなって、胸《むね》の中《なか》に湧《わ》き出《で》てきて、温《ぬく》もりを心《こころ》に置《お》いて、冷《つめ》たい涙《なみだ》になって外《そと》へ出《で》ていく。

「……ありがとう、駒野《こまの》さん」

そう言《い》って、オシくんはわたしと目《め》を合《あ》わせた。

——その時《とき》、

「ただいまー」

扉《とびら》の鈴《すず》をチリンチリン鳴《な》らして入《はい》って来《き》たのはイコイさん。

「あら、手《て》つないでどうしたの、二人《ふたり》とも」

イコイさんの言葉《ことば》。

途端《とたん》に、わたしの手《て》の熱《ねつ》が顔《かお》に上《のぼ》っていく。火傷《やけど》しそうなくらい熱《あつ》くなる。汗《あせ》が出《で》る。

今《いま》さら、すぐ目《め》の前《まえ》にオシくんの顔《かお》があることに気付《きづ》く。胸《むね》がバクバク動《うご》き出《だ》す。

「んっ――！」

わたしとオシくんの声《こえ》が重《かさ》なった。慌《あわ》てて互《たが》いに手《て》を離《はな》す。わたしは二歩《にほ》、後《あと》ずさって
オシくんから距離《きょり》を取《と》った。それも妙《みょう》に気《き》まずくて、ゴホンゴホンと咳《せき》をした。その咳《せき》も
また、オシくんと重《かさ》なる。

「――考《かんが》え事《ごと》、結論《けつろん》は出《で》たの？」

イコイさんがコンビニ袋《ぶくろ》をテーブルに置《お》きながら、オシくんに尋《たず》ねた。五秒《ごびょう》ほどの間《ま》が
あって、オシくんが答《こた》える。

「……母《かあ》さんの愛情《あいじょう》、全部《ぜんぶ》、僕《ぼく》の心《こころ》に入《い》れます。口座《こうざ》からの引《ひ》き出《だ》し、お願《ねが》いします」

お姉《ねえ》さんの口座《こうざ》じゃなくて、オシくんの心《こころ》に？

それはつまり――考《かんが》え直《なお》してくれたってこと、だよね？

ホッとしてイコイさんを見《み》る。イコイさんはいつもどおり、薄《うす》い笑《え》みを浮《う》かべていた。

2

その後《ご》、15万縁《まんえん》の愛情《あいじょう》を引《ひ》き出《だ》して、オシくんは帰《かえ》った。ただ、その帰《かえ》り際《ぎわ》、開《あ》けた扉《とびら》の前《まえ》で一言《ひとこと》――、

「やっぱり、駒野《こまの》さんは優《やさ》しい」

そのオシくんの言葉《ことば》は、三年前《さんねんまえ》に聞《き》いたオシくんの声《こえ》と重《かさ》なって、胸《むね》の中《なか》で響《ひび》いた。

そして――。

「正体《しょうたい》、バレちゃったんですけど」

わたしは、イスに座《すわ》るイコイさんに詰《つ》め寄《よ》った。

「どうしてイコイさんがいないのに、わたしだけ呼《よ》び出《だ》されたんです？」

「私《わたし》は他《ほか》の用事《ようじ》があったから。でも彼《かれ》が突然来《とつぜんき》たし、しょうがないからあなたを呼《よ》んだ」

「用事《ようじ》って、コンビニでアイス買《か》うことですか？」

テーブルの上《うえ》のコンビニ袋《ぶくろ》。その中《なか》から、一個三百円《いっこさんびゃくえん》くらいする高《たか》くて有名《ゆうめい》なカップアイスを取《と》り出《だ》して、イコイさんは「んー、おいしー」なんて言《い》っている。

「ふざけないでください！」

「怒《おこ》らなくったっていいでしょう？　あなたにとっては良《い》いことしかなかったんだし」

「良《い》いこと？」

「自分《じぶん》に愛情《あいじょう》を送《おく》ったのが誰《だれ》か知《し》りたがってたでしょう？　結果的《けっかてき》にそれが彼《かれ》だったって分《わ》かったんだから良《い》いじゃない」

「それは……」

「まあ自分《じぶん》の身分《みぶん》を偽《いつわ》って、彼《かれ》から情報《じょうほう》を聞《き》き出《だ》したのは褒《ほ》められた話《はなし》じゃないけど」

「え？　偽《いつわ》って聞《き》き出《だ》した、って——どうしてそれを……」

嫌《いや》な予感《よかん》。するとイコイさんがスプーンである場所《ばしょ》を指《さ》し示《しめ》した。その先《さき》にあったのは窓《まど》。……え？　まさか外《そと》から見《み》てた？

「うそうそ⁉　いつから見《み》てたんです⁉」

「あなたがパニクりながら、オシくんに背《せ》を向《む》けてメガネを掛《か》けていたあたりから」

「ほぼ全部《ぜんぶ》じゃないですか！」

つまり、わざと店《みせ》に入《はい》らず、わたしとオシくんのやり取《と》りをずっと見《み》てたってこと！

「怒《おこ》らない怒《おこ》らない。私《わたし》だって、ちゃんと手伝《てつだ》ってあげたんだし」

「手伝《てつだ》った？　何《なに》をです？」

「愛情《あいじょう》、貸《か》してあげたでしょう？」

「は？」

「あなたと、彼《かれ》に。見《み》えなかった？　愛情《あいじょう》が胸《むね》に入《はい》っていくの」

思《おも》い出《だ》した。そうだ、あの時急《ときぎゅう》に光《ひかり》の糸《いと》が見《み》えて、その後《ご》、胸《むね》が温《あたた》かくなった。そうして、言《い》いたかった言葉《ことば》が出《で》てきたんだった。

「本来《ほんらい》のあなたたちの愛情量《あいじょうりょう》になるように調整《ちょうせい》してあげたのよ？　あなたに30万縁《まんえん》、彼《かれ》に60万縁《まんえん》ほど貸《か》し付《つ》けた。あなたは現時点《げんじてん》で30万縁《まんえん》くらい心《こころ》にあったから、それで二人《ふたり》とも、それぞれ約《やく》60万縁《まんえん》持《も》っていたことになる」

「そう……だったんですか」

「じゃないと、あんなに顔赤《かおあか》らめたりドキドキできないわよ。特《とく》に彼《かれ》の方《ほう》なんて、何《なに》もしなければほぼ0縁《えん》だったんだから」

ということは、わたしはずっとイコイさんの手《て》のひらの上《うえ》で踊《おど》らされてたってこと？

だとしたら、何《なに》も言《い》い返《かえ》せない。わたしにしても、あの愛情《あいじょう》のサポートのおかげで、本当《ほんとう》に言《い》いたかった言葉《ことば》が湧《わ》いてきたのは確《たし》かだったと思《おも》うから。

「細《こま》かいところはともかくとして、助《たす》けられた面《めん》は、まあ、ありますけど……」

「そう言《い》ってもらえて良《よ》かったわ。心置《こころお》きなく利子《りし》を返済《へんさい》してもらえるもの」

「返済《へんさい》？　利子《りし》？」

わたしが尋《たず》ねると、イコイさんは人差《ひとさ》し指《ゆび》を立《た》てた。すると、わたしの胸《むね》から光《ひかり》がうにょうにょ出《で》てきて、イコイさんの指先《ゆびさき》に繋《つな》がった。そして今度《こんど》は、店《みせ》の扉《とびら》の外《そと》からも、別《べつ》の光《ひかり》がうにょうにょとやってきて、やはり指先《ゆびさき》に繋《つな》がる。

「あなたへの30万縁《まんえん》と、彼《かれ》への60万縁《まんえん》。どちらも今《いま》、回収中《かいしゅうちゅう》だから心配《しんぱい》しないで」

胸《むね》が少《すこ》しずつ冷《つめ》たくなっていく。……あの、イコイさん？

「あとは利息《りそく》ね。事情《じじょう》を知《し》らない彼《かれ》の分《ぶん》の利息《りそく》は、全部《ぜんぶ》あなたに肩代《かたが》わりしてもらうわ」

「え？　え？　え？」

「借《か》り入《い》れ合計《ごうけい》90万縁《まんえん》の一日《いちにち》の利息《りそく》。90万縁《まんえん》で月《つき》10パーセントを日割《ひわ》り計算《けいさん》して、今回《こんかい》の利子《りし》は3千縁《ぜんえん》ね」

「3千縁《ぜんえん》!?　それ、私《わたし》の預《あず》けてる3万縁《まんえん》の二ヶ月分《にかげつぶん》の利息《りそく》じゃないですか!?」

とんでもない話《はなし》だ。どうしてイコイさんは、そうまでして愛情《あいじょう》を稼《かせ》ごうとするのか。

考《かんが》えてみれば、このお店《みせ》が何《なん》のためにあるのか、わたしは何《なに》も知《し》らない。お店《みせ》の仕組《しく》みも分《わ》からない。わたしは自由《じゆう》にこのお店《みせ》に来《く》ることはできず、でもイコイさんは普通《ふつう》にコンビニに出掛《でか》けたりしていて――。

「あの、イコイさんはどうして愛情《あいじょう》を稼《かせ》ぐんですか？　それにこのお店《みせ》って――」

「そんなつまんない話《はなし》をしてるとアイス溶《と》けちゃうわよ。私《わたし》の食《た》べかけ、いるでしょ？」

食《た》べかけのカップを口元《くちもと》に押《お》し付《つ》けられた。どうやらイコイさんに話《はな》す気《き》はないらしい。

「……袋《ふくろ》の中《なか》に新《あたら》しいアイスあるじゃないですか。どうせならそっちくださいよ」

「それならプラス3千縁払《ぜんえんはら》いなさい」

「何《なん》で!?　もー！」

これからも、このお店《みせ》での手伝《てつだ》いは続《つづ》きそうだ。

終《お》わり

★小学館ジュニア文庫★ ワクワク、ドキドキがいっぱいのラインナップ

〈ジュニア文庫でしか読めないオリジナル〉

愛情融資店まごころ

アイドル誕生！～こんなわたしがAKB48に!?～
いじめ　14歳のMessage
お悩み解決！　ズバッと同盟　長女VS妹、仁義なき戦い!?
お悩み解決！　ズバッと同盟　おしゃれコーデ、対決!?
緒崎さん家の妖怪事件簿
緒崎さん家の妖怪事件簿　桃×団子パニック！
緒崎さん家の妖怪事件簿　狐×迷子パレード！
緒崎さん家の妖怪事件簿　月×姫ミラクル！
華麗なる探偵アリス＆ペンギン
華麗なる探偵アリス＆ペンギン　ワンダー・チェンジ！
華麗なる探偵アリス＆ペンギン　ミラー・ラビリンス
華麗なる探偵アリス＆ペンギン　サマー・トレジャー
華麗なる探偵アリス＆ペンギン　トラブル・ハロウィン
華麗なる探偵アリス＆ペンギン　ペンギン・パニック！
華麗なる探偵アリス＆ペンギン　ミステリアス・ナイト
華麗なる探偵アリス＆ペンギン　アリスVS.ホームズ
華麗なる探偵アリス＆ペンギン　アラビアン・デート
華麗なる探偵アリス＆ペンギン　パーティ・パーティ
華麗なる探偵アリス＆ペンギン　ホームズ・イン・ジャパン
華麗なる探偵アリス＆ペンギン　ウィッチ・ハント！

きんかつ！
きんかつ！　恋する妖怪と舞姫の秘密
ギルティゲーム
ギルティゲーム　stage2　無限駅からの脱出
ギルティゲーム　stage3　ペルセポネー号の悲劇
ギルティゲーム　stage4　ギロンパ帝国へようこそ！
ギルティゲーム　stage5　黄金のナイトメア
銀色☆フェアリーテイル　①あたしだけが知らない街
銀色☆フェアリーテイル　②きみだけに贈る歌
銀色☆フェアリーテイル　③夢、それぞれの未来

ぐらん×ぐらんぱ！　スマホジャック
ぐらん×ぐらんぱ！　スマホジャック　～恋の一騎打ち～
さよなら、かぐや姫～月とわたしの物語～
12歳の約束
女優猫あなご
白魔女リンと3悪魔
白魔女リンと3悪魔　フリージング・タイム
白魔女リンと3悪魔　レイニー・シネマ
白魔女リンと3悪魔　スター・フェスティバル
白魔女リンと3悪魔　ダークサイド・マジック
白魔女リンと3悪魔　フルムーン・パニック
白魔女リンと3悪魔　エターナル・ローズ
白魔女リンと3悪魔　ミッドナイト・ジョーカー
月の王子　砂漠の少年

天才発明家ニコ＆キャット
天才発明家ニコ＆キャット　キャット、月に立つ！

謎解きはディナーのあとで
謎解きはディナーのあとで2
のぞみ、出発進行!!
バリキュン!!
ホルンペッター
ぼくたちと駐在さんの700日戦争 ベスト版 闘争の巻
さくら×ドロップ レシピ1：チーズハンバーグ
ちえり×ドロップ レシピ1：マカロニグラタン
みさと×ドロップ レシピ1：チェリーパイ
ミラチェンタイム☆ミラクルらみぃ
メデタシエンド。 ～ミッションはおとぎ話のお姫さま……のメイド役!?～
メデタシエンド。 ～ミッションはおとぎ話の赤ずきん……の猟師役!?～
もしも私が【星月ヒカリ】だったら。
ゆめ☆かわ ここあのコスメボックス
ゆめ☆かわ ここあのコスメボックス ヒミツの恋とナイショのモデル
ゆめ☆かわ ここあのコスメボックス 恋のライバルとファッションショー

夢は牛のお医者さん
螺旋のプリンセス
わたしのこと、好きになってください。

〈思わずうるうる…感動ストーリー〉

奇跡のパンダファミリー ～愛と涙の子育て物語～
きみの声を聞かせて 猫たちのものがたり―まぐ・ミクロ・まる―
こむぎといつまでも ―余命宣告を乗り越えた奇跡の猫ものがたり―
天国の犬ものがたり～ずっと一緒～
天国の犬ものがたり～わすれないで～
天国の犬ものがたり～未来～
天国の犬ものがたり～夢のバトン～
天国の犬ものがたり～ありがとう～
天国の犬ものがたり～天使の名前～
天国の犬ものがたり～僕の魔法～
天国の犬ものがたり～笑顔をあげに～
動物たちのお医者さん
わさびちゃんとひまわりの季節

次はどれにする？ おもしろくて楽しい新刊が、続々登場!!

Shogakukan Junior Bunko

★小学館ジュニア文庫★

愛情融資店まごころ

2018年12月26日　初版第1刷発行

著者／くさかべかつ美
イラスト／新堂みやび

発行人／立川義剛
編集人／吉田憲生
編集／伊藤 澄

発行所／株式会社　小学館
〒101-8001　東京都千代田区一ツ橋2－3－1
電話／編集　03-3230-5105
販売　03-5281-3555

印刷・製本／加藤製版印刷株式会社

デザイン／石沢将人（ベイブリッジスタジオ）

Printed in Japan　　ISBN 978-4-09-231271-5